没有成功是偶然

[美]
刘墉 著

人民东方出版传媒
People's Oriental Publishing & Media
東方出版社
The Oriental Press

代序

逼你成功

我有个事业非常得意的朋友，他 40 多岁，没结婚，每天跑进跑出，比谁都忙。

有一天我问他，你都在忙什么啊，又是为谁忙啊？

他先愣了一下，接着笑笑，说："我也不知道为谁忙，只觉得背着一个好大好大的包袱，每天拼命向前冲。"

"你怎么不说是你自己的野心和理想，使你往前冲呢？"我不以为然地说。

没错啊，我自己的野心和理想当然逼我冲。想想，一个人不被逼，又怎么可能成功？

我就是一个会逼学生的老师。

学生找我学画的时候，我会建议他们买最好的工具，因为我发现当他花了一大笔令他们心疼的钱之后，他们就不会轻易放弃。

然后，他们愈画愈好了，得到我的夸奖，盼下次还能受到赞美，于是加倍努力。除了我逼，他们也自己逼自己，一步步走向成功。

我班上许多在美术展入选和得奖的学生，都是这样在"内外交逼"的情况下成功的。

从另一个角度看，逼学生的老师，何尝没有逼自己？为了让学生每个礼拜都能见到老师的新作品，为了以身作则，我不得不画，而有了更多的成绩。“教学相长”不也是“教学相逼”吗？

写文章也是如此。不信，你去问问，哪个成功的作家没有被逼？他被两种人逼，被报社、出版社的人逼，也被他自己逼。读者逼主编，主编逼作家，作家逼自己，逼得想睡也不能睡，不想写也得写。多少惊人的作品就这样诞生了。

如果你问金庸：“你这些武侠巨著是怎么写成的啊？”

他很可能答：“报社连载逼出来的。”

你再问：“如果没有报社逼，你写得出来吗？”

他很可能答：“写得出，但写不了这么多。”

你或许要想，一个人没有灵魂，逼也没用。这么说，你就又错了。

你看过传统的“击鼓催诗”吗？一群诗人聚会，有人出题：几言诗，什么韵，咏什么题材。

题目才喊出来，就开始击鼓，起初慢慢地一声一声击，愈击愈快，心愈急，愈写不出，鼓声愈连成一气。只见一个个平常潇洒风流的诗人，急得抓耳挠腮、满脸通红，一个月也写不出来，鼓声中居然写出了，这不是逼的吗？

好，或许你没见过击鼓催诗，但你总读过王羲之的《兰亭集序》吧。

一群文人在兰亭“流觞曲水”，那是一条弯弯的水流，大家沿着水边坐下，从上游送下一盏盏盛着酒的小杯子，流到谁前面，谁就得饮酒做诗。你说，那不是一种逼吗？

《兰亭集序》就是在这种“逼”之下诞生的。

想想《兰亭集序》是多么有名的文学作品，那书法作品又多么被后代推崇。

再想想，王勃的《滕王阁序》是怎么写成的？

当时骚客群集，各呈文才，王勃写一句，仆人通报给主人一句。换是你，你紧张不紧张？

问题是，《滕王阁序》为中国文学史上的不朽之作。

王勃那天若是不去，去了若是没有人逼他写，你今天能知道谁是王勃吗？

让我作一个“文字新解”吗——

“逼”，是长了脚的一口田。

“一口田”旁边有神的保佑，是“福”。

“一口田”上面加个屋顶，表示有房有田，是“富”。

上班的人，星期一早上不想去，还得去，因为生活逼。

念书的学生，每天放学不想做功课，还得做，因为师长逼。

一个从来不入厨房的人，留学在外，居然烧得一手好菜，因环境逼。

一个登山者，跳过一条他平时绝对不敢跳的深沟，因为有只野兽逼。

所幸世界上有“逼”这件事，我们才能超越自己，完成超出自己能力的事。于是，你该了解《孟子》那段话的道理了——“故天将降大任于斯人也，必先苦其心志，劳其筋骨，饿其体肤，空乏其身，行拂乱其所为，所以动心忍性，曾益其所不能。”

这段话说的不是只有四个字吗？

逼你成功。

目录

Contents

第二章 人在江湖 35

Chapter 2

第三章 磨剑少年 69

Chapter 3

第五章 爱在当下 127

Chapter 5

第一章

情种钟情

C H A P T E R 1

/ 喜事年年 / 刘墉作 / 132x74cm / 2014 年 /

01 尊重绝对的爱

爱情就像色彩，他们可能有基础、材料的不同，有知识、种族的差异，有感性、理性的区分，甚至有所谓经得起、经不起考验的顾虑。

但是，就爱本身而言，只要那爱的当时，是生死与之，以整个生命投入的，就是“绝对的爱”！

尊重那绝对的爱吧！虽有的可能化为轻烟、灰烬，但那燃烧的一刻，就是火啊！

绝对的爱，一生能得几回？能爱时，就以你全部的生命去爱！能被爱，就享受那完全燃烧的一刻。

这世上，哪个颜色能永不褪色？

唯有画的当时，百分之百地鲜丽！

于是，只要有绝对的爱，又岂在朝朝暮暮？又岂在短短长长？

《爱就注定了一生的漂泊·（绝对的爱）》

02 婚姻就像坐船

婚姻就像坐船，两人同船一段路，一个人可能先下船，上了另一艘船。

那艘船可能大得多，单单荡出的水波就足以把原先的扁舟击沉。

大船扬着帆、展着旗，去了浩渺的大海；小船敛了桨、收了帆，仿佛野渡无人舟自横。

都是船，都远了，都有各自的命运与旅途，谁知道下的这条是不是“宝船”，上的那艘是不是“贼船”。

在人海中，每个人坐他自己的船。我们都是过客，不是永远的居民。就看它潮去潮涌、帆起帆落、人来人往吧！

不必怨恨、不必批评、不必偏袒。

《爱何必百分百·（再婚只是换了一条船）》

/双燕舞春风/

/刘墉作/

/59.4x89.5cm/

/2013年/

03 在生命中追寻的爱

我们的一生，就是爱的一生。我们用整个生命追寻爱。

由小时候爱父母、爱兄弟；长大之后，爱朋友、爱世界；成家之后，爱伴侣、爱子女；年老之后，爱儿孙、爱生命。

无论儿童时的直接、少年时的冲动、青年时的热烈、中年时的犹疑，或老年时的温存，我们对爱的诠释可能不同、表现方法也不一样。但无可置疑的是——

那都是真真实实的爱！

每一个生物，都因为有爱的冲力，而去寻偶；有爱的感动，而能结合；因做爱受孕，而能生产；且在父母爱的保护之下，能让下一代成长。

没了爱，这世界上的生物就会消失；没了爱，活在这世界上也没了意义。所以我常说：

上天在创造世界之前，先创造了爱。

上天就是爱！

《在生命中追寻的爱·（生命的一天）》

04 如果这世上全是同性恋

提到同性恋，居然有不少女生对我说：

“那些同性恋的男人，常能跟女生做很好的朋友，因为他们对女人没有邪念。”

女生还说：“那种男生特别细腻，他们会教女生怎么打扮，甚至示范怎样的举止才像个淑女。别看他女声女气的十分肉麻，交往久了，还真不错。尤其因为他们是男人，比较有力气，常比女性的朋友更能帮助你。”

我就想：会不会正因为同性恋的人，比一般人更容易触及异性的感觉，所以许多能够兼得“阳刚”与“阴柔”的艺术家，都是同性恋。

当我到佛罗伦萨，看到米开朗琪罗雕的名作——《画夜晨暮》；当我看到梅瑞耶夫仿佛能在空中停驻的舞蹈身影；当我听到柴可夫斯基的《悲怆交响曲》；当我看到席德进画的《海棠与少年》，当我读到邱妙津《蒙马特遗书》的时候，都让我有这样的感动。

只是，我也知道，如果这世上全是同性恋，非但绝大多数浪漫的作品会消失，甚至人类的生命也无法延续。

如果人类消失了，又如何会有同性恋者出现？每个同性恋的人，都是“异性恋人”生的啊！

就生物的角度看，同性恋确实是违反生命繁衍原则的。所以，如果你不是天生的同性恋者，就应该绝对避免被诱导进入那个圈子。

同性恋的比例很高，所以在你的周遭，常会出现这样的人。他们不能做你的恋人，但可以成为你的朋友。

你可以不欣赏他们，但要尊重他们。

这世上既然有了他们，你的心中就该为他们留一块空间。

当你以平常心接纳他们，你自己的世界也会大许多。

《攀上心中的巅峰·（如果他是同性恋）》

/和平之春/
/刘墉作/
/81X106cm/
/2011年/

05 告别的亲爱的人

码头上万头攒动。一条条彩色的纸带，从船上远行者的手中抛下来，由送行者接住，拉着彩带的这一头。

便见那船像是穿了草裙，扯着千百条彩带，也扯着千百条心。

终于，船起锚了。

手在挥动，彩带在飘舞。一条条支持不住，拉断了，断在风中……

纸带是那么脆弱，怎能拉得住大轮船呢？远行者是那么非走不可，岸上的人怎能留得住呢？

生命多像是一条长河！

长河不断地流，载着我们向前走，直到我们走不动，下了船，看年轻人继续他们的旅程。

长河也可能通向下一世，当时间到了，我们不得不上船，告别亲爱的人，荡到生命的彼岸。

《把握我们有限的今生·（再会吧！我的爱）》

06 心扉随年龄更换

假使心有扉，这心扉必是随着年龄而更换的。

十几岁的心扉是玻璃的，脆弱而且透明，虽然关着，但是里面的人不断向外张望，外面的人也能窥视门内。

二十几岁的心扉是木头的，材料讲究，而且雕饰漂亮，虽然里外隔绝，但只要爱情的火焰，就能将之烧穿。

三十几岁的心扉是防火的铁门，冷硬而结实，虽然热情的火不易烧开，柔情的水却能渗透。

四十几岁的心扉是保险金库的钢门，重逾千斤且密不透风，既耐得住火烧，也不怕水浸，只有那知道暗码，备有钥匙的人，或了不得的神偷，才能打得开。

《萤窗小语·（心扉）》

海棠欢歌

刘墉作

57X78cm

2012年

07 让孩子过得好，就成了

出国？我做梦都不敢想。她如果去当空姐？不是一下子就飞了吗？

渐渐地，她不想飞了，也不再提了。她的心被我拉回地面，跟着我，住进违章建筑。

只是新婚，有一天晚上，望着天花板，她突然说："我希望将来能有钱。"

她那几个字，和灰蒙蒙的天花板，一起烙在我的心上。

好沉重的一句话啊！让我扛着，每次想起，就觉得肩头一沉。

二十多年过去了！绕了半个地球，拼出了些成绩，也有了点积蓄。可是，她身上穿的，竟还有大学时代的衬衫和新婚时做的长裙。

"有钱，是要不缺，让孩子能过得好，就成了！"她说。

《生生世世未了缘·（当我们年轻的时候）》

08 有性乃有情，无性就无情

男女自从有性关系，那原本建筑在“情”上面的“性”，就似乎变成建筑在“性”上面的“情”。有性乃有情，无性就无情。

多少夫妻三天两头吵架、打架，前面呼天抢地，被打得身上的青紫还没消，就又呼天喊地，享受另一种欢愉。

似乎所有的怨都可以放在一边。半夜睡得迷迷糊糊，伸过一只手臂，就唤起原始的欲望，莫名其妙地纠缠在一起。事情过去了，这个“火”消了，那个“火”也消了。

怪不得说“床头吵，床尾和”，这“和”其实是那“合”啊！

《爱又何必矜持·（床头吵，床尾和）》

09 大胆说声“我爱你”

“我爱你”，这是多么简单又多么沉重的三个字啊，轻松得不用一秒钟就能说完，沉重得许多人用一生去犹豫，终究没有说出来。

古板的父亲，在严肃的表情背后，藏了这句话；辛劳的母亲，在慈祥的眼神后，藏了这句话；青春的孩子，在叛逆的内心深处，压抑了这句话。

千百年来，中国人隐藏的这句话，已经可以盖成一座长城。只有如孟姜女，在悲怆的哭喊中，才能把那句话释放出来。

你我心里、家里，是不是都有这么一堵墙？

让我们今天就把那墙推倒，不再害羞、不再等待，大胆地对我们的丈夫、妻子、父母、子女、爱人，说出那句深藏已久的心声：

“我爱你！”

《对错都是为了爱·（大胆说声我爱你）》

10 女人的爱，真长

男人是开垦者，女人是土地。

男人是播种者，女人是土地。

男人是施肥者，女人是土地。

男人扛着收获走了，女人还在那儿，她是土地。

男人的工作多变，他跑来跑去。

女人总在那儿，看着自己孕育的，成长、茁壮、离开。

怪不得说“天公、地母”。

怪不得只听说“望夫岩”，传说一个女人，守着、盼着、望着，望成一块巉岩。却不知哪里有个“望妻岩”。

怪不得，女人不容易忘。她想着孩子、想着父亲、想着丈夫。一想，能想几十年。

女人的爱，真长啊！

《一生能有多少爱·（女人的爱，真长）》

11 如果图画像一本日记

记得女朋友初来我家的时候，我正要作画。她就坐在桌边，帮我研墨。

我没画她，倒画了个茅屋竹篱的人家，门前弯过一条小溪。题的是杜甫的《客至》：

“舍南舍北皆春水，但见群鸥日日来。花径不曾缘客扫，蓬门今始为君开。”

我的女友进入我的“蓬门”，晚上常来陪我画画，她很能说，有解闷的效果。又能说得不疾不徐，不致影响我作画的情绪。我是她最佳的听众，她是我最佳的观众。

她过二十岁生日，我送了张尺幅小画作礼物。画中两栋瓦顶的平房，前面几丛花木，远处一片蒲葵林，下面则有两个孩子在玩耍。

她问：“两个孩子是谁？”

“是我们！”我说。

过了二十年，我把画翻出来，她又问：“两个孩子是谁？”

“是我们的孩子！”

《做个飞翔的美梦·（如果图画像一本日记）》

/秋藤小雀/
/刘墉作/
/45x60cm/
/1998 年/

三言良语·爱情

人生不满百，相爱几十年，我们何必用许多假设，甚至设计各种方法，去验证自己的爱人？我们可以心里知道，爱情有深浅、性格有刚柔，每个人看待生死的态度也不同，所以到了生死关头，身边人可能弃我们而去。

但是今天、现在——他闪亮、他坚强、他温柔，如同百分之百的真钻。就当他是真钻吧！

就在太平岁月，快快乐乐、相依相偎过一生吧！

《爱何必百分百·（序）》

婚姻真是人类最基本的游戏，能玩得好、玩得高兴，全赖双方遵守游戏规则。离婚也是一种游戏，只要离开前能好好清点，何尝不是双赢？何尝不能以喜剧收场？

《爱何必百分百·（如果婚姻是场游戏）》

有些男孩子，无论长多大，都要个女人管，小时候妈妈管，大了太太管。娶哪一型的太太，先得看自己的个性。温驯善良的小女人，有时候还不如凶巴巴的泼妇有帮夫运。

《爱何必百分百·（妈妈样的女人）》

由“男女相悦”到“夫妻相守”，这“悦”与“守”就是不一样。

“悦”是情、是心，比较抽象；“守”则是守这个家、守这群子女，多少比较具体、比较现实。

《爱何必百分百·（一家之主换人作）》

睹物生情、睹人思人、人溺己溺。

他确实不能取代他，她也确实不是她。那“手泽犹存”的主人，更可能已经到了另一个世界。

但是，怎么说不去想、不去想，在我们的心底，那个小小的角落，还是可能藏着“他”的影子。让我们看到每个与“他”相关、与他相似的人与物，就怦然一惊！

这怦然一惊，可能只是一瞬，便消失，不见了。

但这一瞬，却是多么地真实，多么地心颤啊！

《爱何必百分百·（在那心颤的一瞬间）》

男人老了，以前办公室里的仇人都变成了朋友；以前卧室里的爱人，又常变成了仇人。

《爱何必百分百·（一家之主换人作）》

爱就是一种盼望，盼望跟他相聚。

问题是，如果从来没有别离，又怎么盼望相聚?

无论是朝九晚五，各有各的工作，离开八九个小时；或山南海北，各在天之一涯，离开百日数旬，总要有那不相见的时刻，才能产生更大的盼望。

“今夜鄜州月，闺中只独看。”

想起杜甫的《月夜》，才感触交通不便，聚少离多的古人，夫妻情可能更深；才了解“长相离”只盼“长相守”，“长相思”只为“长相离”。

《爱何必百分百·〔长相思只为长相离〕》

一个人为什么对另一个人特别好?

年轻时，可能为了占有他。

少壮时，可能为了亲爱他。

出轨时，可能为了亏欠他。

思念时，可能为了吸引他。

老年时，可能为了怕离开他。

《爱何必百分百·〔当他对你特别好的时候〕》

矜持是对的，但是如果矜持成为无限期的等待和不确定的未来，就难免有那更“实际行动”的人捷足先登。

《爱又何必矜持·〔序〕》

想起李白的《子夜秋歌》——

“长安一片月，万户捣衣声；秋风吹不尽，总是玉关情。何日平胡虏？良人罢远征。”

问题是那远征的良人在何方？当他妻子正在长安的静月下捣衣时，会不会正有一支矛，穿过他的胸口。

多少在家里，茶来伸手、饭来张口的大男人，出了门，就是风餐宿露、枕戈待旦，然后在一个没人知晓的日子，死在一个永远不被发现的地方。

《爱又何必矜持·（大男人与小女人）》

当泰坦尼克号首航时，女人们还没有投票权，甚至在美国的有些州还准许打老婆。但是当船将沉的时刻，女士优先，于是，大男人们护送妻女上船，自己随着泰坦尼克号沉入海底。

《爱又何必矜持·（大男人与小女人）》

这世上谁都能讲理，就是夫妻不能讲理。因为夫妻之间，有个比理更大的东西，就是“情”。

《爱又何必矜持·（当你们不得不分的时候）》

男人赢得世界，拥有女人；女人赢得男人，拥有世界。

《爱又何必矜持·（男人背后的女人）》

爱多像红酒啊！

不是每种酒都能久藏，只有那丹宁酸高的葡萄酿出的酒，才能放在窖中几十年，而且愈陈愈香。

至于一般的葡萄，则必须在三五年间饮用。

那一般葡萄也不是不好，它一样有着浓浓的果香和琥珀的色泽。

而且，它一样醉人。

只要能饮、能醉、能品尝，又何必计较它的短长？几个醉了的人，能分辨“陈年”或“新酿”？

得到爱情，请检视“保鲜期”！

如果不确定，就尽早享用吧！

《爱又何必矜持·（爱的保鲜期）》

人多难捉摸啊！

一个吸引你的妖娆女子，成为你老婆之后，那妖娆就可能被你讥为淫贱。

一个被你赞赏为急公好义的人，成为你的丈夫之后，就可能被你评为好管闲事。

一个豪放大方的朋友，成为你的职员之后，就可能被你责备“公私不分”。

一对相恋的情侣，结婚之后，一切都没变，却可能“相爱容易，相处难”，使婚前一切的优点，都变为对方眼中的缺陷。

《爱又何必矜持·（为什么你变了？）》

是谁让你说出最狠毒的话?
是你的爱!
是谁令你肝肠寸断?
是你的爱!
是谁使你迫害别人的最爱?
是你的爱!
你越是无理地去爱、无条件地付出;
你越是无理地要求、无条件地等待。
别让你最爱的人累死你,
不要累死你的爱!

《不要累死你爱·(引言)》

爱是绝对的,没有尊卑大小和品质之分,即使小动物的爱,也当被尊重;即使最平凡的人,也能拥有伟大而无私的爱的胸怀。

《爱就注定了一生的漂泊·(愿每个漂泊者都不孤独)》

至于那些同居之后结婚,离婚之后又同居的,也一样。他们是等自己老了、对方老了,心不再花哨了,再重新聚在一块儿。

已婚的人,心死了,可能离婚。

同居的人,心死了,不再向往外面的花花世界,反而可能回过头来,对那同居人说:“好!我们可以结婚了!”

同居是什么?

同居是一种等待。

《不要累死你的爱·(同居是一种等待)》

这世上最重的是什么？

不是金，也不是铅，是爱！

爱是只能付出，不能问的。最伟大的爱，甚至在付出的时候，都应当避免让对方感觉，免得增加对方的负担。

《不要累死你的爱·〔序〕》

“功烈有大小，死节无重轻！”这是千古不易的道理，正因此，我不认同孔子说的“微管仲，吾其被发左衽矣。岂若匹夫匹妇之为谅也，自经于沟渎而莫之知也。”

一个人因爱主、爱国而捐出生命，那爱难道还要被分列等级吗？

生命平等！生命都应被尊重！爱情平等！只要是爱，就应该被尊重！

《爱就注定了一生的漂泊·〔绝对的爱〕》

“所以啊！女人就要做女人，发挥女人的长处，站在男人背后，守着他的窝，拴着他的胃，牵着他的心。为他披上铠甲、骑上战马，再抛给他一朵花、一个吻。让他勇敢出征、奏凯而归！”

《生生世世未了缘·〔被他疼爱一生〕》

缘来缘往，缘起缘灭，其实从大处看，缘是不来不往、不起不灭。缘总在我们的四周，我们总在缘的里面。

《生生世世未了缘·（总在缘里面）》

“早早找到，说不定就没意思了，人生本来就是个永远拼不成的图，让我们不断寻找。不断说对，不断说错；不断哭，不断笑。也不断有缘，不断失去那个缘分。”

可不是吗！从小到大，我们唱了多少次骊歌、掉过多少次眼泪？又迎过多少新？且把新人变旧人，旧人变别离。

《生生世世未了缘·（写一个缘的故事）》

“十年修得同船渡，百年修得共枕眠。”“夫妻本前缘，善缘恶缘，无缘不合；儿女原宿债，欠债还债，有债方来。”

夫妻、子女、过客，中国人似乎都能归到一个缘字。也就因为缘，使我们“见面三分情”“相逢自是有缘”。怪不得“缘”这个字，左边是“纟”，像是一把丝线，牵着、连着，生生世世。即使有一天遇见了恶妻、恶夫、恶客，失了身、损了财、受了伤、丧了命，都能想：说不定错不在我，只因为我前世的缘！

《一生能有多少爱·（今生似被前缘误）》

当一个长发的女子，静静地跪着，让师父为她剃度。那剃刀落下的刹那，是落在发根，还是落在心头？

一缕缕长发坠落了，那么轻柔无助地飘到地上，是告别一种岁月，还是镌刻一种心情？

剃了发的青青的头皮，如同除去荒草所呈现的大地，再烧上戒疤，如同刻上碑文。

如果有一天，那女子还了俗，又有了恋情。她会不会在梳头时不小心，拨开长发，如同拨开蔓生的草木，见到古老的誓词？

《在灵魂居住的地方·（情爱中被遗忘的岁月）》

爱，没什么好悔，它只是那样发生、那样进展、那样消逝，或——那样老去。

今日不可能预测明日的爱，明天也不必否定今天的爱。爱像是脚印，我们踩着、印着，走到今天。

回头，即使脚印印在冰雪之中，或早已湮灭，不复可寻，仍然知道，那是我们走过来的爱。

《一生能有多少爱·（序）》

夫妻的结合，起先需要爱情，其次需要理智，再接下来，则需要一种对人生的智慧。

看来愈不配的夫妻，他们相处的境界一定愈高，如同怎么看都不配的花样，只有在高妙的艺术家手上，才能和谐地成为一体。

爱，何必问许多？

问的太多，只怕就不爱了。

成熟的人不问过去；聪明的人不问现在；豁达的人不问未来。

《一生能有多少爱·（爱，就不要多问）》

往消极面看，缘是被动的，跟随的。

往积极面看，缘是求得的，自造的。

哪个今生的缘，不是前世结的？当我们说“似被前缘误”的时候，有没有想过，当下正在创造一段新缘？当我们说“缘尽”的时候，有没有想过如果重来一遍，那一刻何尝不是缘起？

《一生能有多少爱·（今生似被前缘误）》

什么是缘？什么是命？

“发生”是缘；“发生了”是命。

什么是前世？什么是来生？

记不得的是前世，想不到的是来生。

《一生能有多少爱·（前世今生缘）》

女人是长于算术的，只是跟男人的算法不一样。她们用亲情计算孩子的生日，用恋情计算结婚的岁月，用爱情计算丈夫归来的时候，用理想计算自己的年龄。

男人是风帆，女人是港湾。

男人是燕子，女人是屋檐。

男人爱远行，女人能眺望。

男人爱漂泊，但是女人不怕。

她们能等待。

男人要选“适于为他怀孕的女人”，所以他重视女人本身的条件，譬如“健美”“性感”“漂亮”。

女人要选“能保护她和孩子的男人”，所以她重视这男人是不是能对她好、给不给她安全感。

一个人不会因为获得许多爱而觉得存在有意义，却会因为付出许多爱，而愈肯定生命的价值。

“爱”很特殊。它因为你付出而获得。也可以说，当你付出的时候，正是你获得的时候。

看来多么高不可即的风筝，都有一根细细的线，偷偷地牵在一个女人的手里。

没了那只柔弱的手，风筝就飞不起来；断了那根线，风筝就将坠毁。

《不要累死你的爱·（男人是风筝）》

上帝先造男人，后造女人，大概就因为女人总是先醒吧！她就算不为丈夫醒，也为儿女醒。

当有一天，女人迷失了，她也可能先醒，就算不为外面的情人醒，不为家里的男人醒，也会为家里的孩子醒。

《一生能有多少爱·（女人女人）》

克林顿的好戏落幕了，为世纪末的爱情下了个注脚——

只要你不自我标榜为圣人，有一天，你犯了“人”的错，总有“人”会原谅。

琳达崔普的好戏正要上演，她在电视上侃侃而谈，为二十一世纪的人性，拉开了序幕……

《一生能有多少爱·（当绯闻落幕的时候）》

当我们年龄渐长，愈来愈觉得钱之可贵，就可能用钱去衡量一切，甚至衡量爱情。岂知在这世界上，没有钱之前，早有了爱。当我们没有赚到钱之前，早赚到了爱。

我们因爱而来到人世，有一天离开，带不走钱，只带得去满怀的爱。

《冲破人生的冰河·「永远的小女儿」》

当你拥有它，却不爱它的时候，你犯了双重的错误：

第一，你该爱而没能爱。

第二，你剥夺了它被别人爱的权利。

与其拥有而不爱，不如让爱的人拥有！

《冲破人生的冰河·「阿花在哪里」》

假使一个男人，不知道什么时候，把自己从女人身边拉开；一个女人，不知道什么时候，把自己从孩子身边拉开；一个孩子，不知道什么时候，把自己从电视前面拉开。他们都不可能有杰出的成就。

《攀上心中的巅峰·「热情与冷静」》

“同性恋”是“爱情”，当然无法勉强，我们怎能勉强一个人爱他没有感觉的对象呢？

话说回来，如果他恰巧遇到个同性，对他有感觉，两个人相爱，甚至共同生活，我们不是应该为“他们”高兴吗？

他们活在自己爱的天地里，没有骗异性，也没有害人，我们对他们有什么好苛责的呢？

《攀上心中的巅峰·［如果他是同性恋］》

从他这段话，使我想象那盛行殉葬的年代，丈夫死，妻妾、仆人，甚至医生都得陪着死。

当重病的“主子”躺在床上，医生会多么拼命诊治，妻奴会多么哀恸欲绝呀！

他们除了救病人的命，也是救自己的命；一方面哀亲人的将逝，更是哀自己的将死。

正因此，那做“主子”的，被身边所有的人关爱，爱他如同爱自己的生命一般。或许这才是古代强权，实行“殉葬”制度的真正原因。

《迎向开阔的人生·［殉葬三千年］》

这世上，最搞不清的，是情。

许多外人看来怎么都不搭调、怎么都不相配、怎么都会相克的夫妻、亲子、恋人。打打闹闹、分分合合，总是把离婚、分居挂在嘴边，总是噙着泪、带着伤，却几十年下来，依旧是一家人。

外人还有什么好说的呢？

你看到多少？你知道多少？你怎么知道他们床头的争吵与床尾的欢愉？爱不爱，只有他们自己知道。

《一生能有多少爱·（爱不爱，只有自己知道）》

第二章

人在江湖

CHAPTER 2

/南国月夜/
/ 刘墉作 /
/ 143.3x 221.7cm /
/ 2007 年 /

01 一个强壮的心灵，敢于面对哀愁

当大痛苦来临时，就没有时间流泪了。当天地真正寒冷时，人们就彼此靠近了。对于死亡、对于悲剧，既然无法挽回、无法躲避，就只有面对，往好处想："我在，故我思。"

每次看见中风的老母头上长出黑发，我就想，她过去一定有许多愁，现在没了。

每次看到地震后光秃秃的山头，我就想，那上面会由人们种出更蓊郁的森林。

每次看到废墟的画面，我就想，不久之后，那里会立起更坚固、更美丽的大楼。

一个脆弱的心灵，不敢凝视美丽。因为它知道所有的美丽都会褪色，所有的生命都将逝去。

一个强壮的心灵，敢于面对哀愁，因为它知道所有的哀愁都将淡远；所有的哀愁，有一天，都能被咀嚼、被纪念、被转化，成为大爱。

作为一个人，谁能不学着——

面对人生的美丽与哀愁？

《面对人生的美丽与哀愁·（前言）》

02 迎向开阔的人生

我发现我们的社会很可爱，也很不可爱；我们的同胞很有人情味，但也爱得狭隘；我们的文化博大精深，但也有极浅薄的一面。我们可能有人把“乡愿”曲解为“中庸”，把“武断”曲解为“评论”，把“自大”曲解为“自信”，把“烂好人”曲解为“敦厚”。

我们也可能因为“祖宗崇拜”而故步自封。食古不化或曲解附会地把前人高高地举着，却忘了自己在哪里。或是标榜“节俭”的美德，而因陋就简地把整个民族的“生机”给埋葬。

我自己是学艺术的，我常不平地想：国内人才那么多，为什么林风眠、刘海粟、徐悲鸿、傅抱石这些画家，在留欧或留日之后，就能“一下子”成为中国画坛的领导者。难道他们都是旷世的才子？难道旷世才子都那么巧合地登上留学的船？抑或因为我们崇洋，或我们自己的文化有些基本弱点，能被那些喝过几天洋水的人“点破”？如同当年英国人的洋枪洋炮，一下子轰开中国的大门。

《迎向开阔的人生·（前言）》

03 人生的二枚腰

初次上场时，你很可能因为紧张而表现不佳。这时候你只有两条路可走——兵败如山倒地输掉，或定下心，发挥“二枚腰”的精神。

当有一天，你成为老手，面对来势汹汹的挑战，你也只有两条路走——投降认输、从此退休，或以多年的经验和年老的持重，再一次成为“二枚腰”。

每个人都有两个“腰子”，坏了一个，还有一个。

每个人都能成为人生的“二枚腰”。

《攀上心中的巅峰·（人生的二枚腰）》

夜 袭

刘墉作

94x140cm

2007 年

04 善待职位低下的人

在你人生的旅途上，会接触不少职位低下的人，你爬得愈高，这种人愈多。而你的高，正由于这些低位者的帮助，他们最能捧你，也最能损你。你对他们一分坏，在他们心中可能要扩大为十分；一分好，在他们口里也可能被夸大为十分。他们会得意而兴奋地说：

“没想到某人这么大的名气，这么高的地位，居然对我如此客气！”

于是你的美名愈传得远了，而且是由最下层传播，人们会想：“他对下人尚且这么好，可见是真的亲和！”

而在你最危急的时候，真正能帮助你脱身的，更可能是这些人。

《肯定自己·（小心吃口水）》

05 千万别成了边缘人

在一个公司里，当你的意见跟主管相左，你力争，仍不被采纳之后，你就要加倍努力，去配合主管的做法。你要比别人跑在更前面，甚至死在更前面。

你千万别成了边缘人，躲在一角，冷眼看大伙拼命，让人猜“你只盼大家失败，表示你原来的看法对”。

于是无论成与败，你都是主管最痛恨的人。

而且，他愈失败，愈恨你，甚至如果大家跟他一起拼了命，打了败仗回来，看你讪笑（明明你没笑，他们也觉得你在笑），会一起把失败的责任推在你“扯后腿”上。

《你不可不知的人性·（小火锅里的革命）》

06 失败者多半是不出声的

在赌场里，每当吃角子老虎吐钱出来的时候，上面的灯总是不断闪动；而且每吐一枚钱币，就发出一声铃响。偌大的赌场里，摆了几百架吃角子老虎，所以总有机器在响，使大家以为很容易赢。

岂知道，在同一时间，正有多少钱被默默地吃进机器。

失败者多半是不出声的。

《攀上心中的巅峰·（你是否能成为另一个比尔·盖茨）》

夜之华（一）昙花
刘墉作
217x147cm
1992 年

07 又有哪一寸土地，不曾上演人间的悲剧？

所有的战争，开头都可能是和平。也可以说所有的和平之前，都是战争。当我到挪威旅行的时候，导游指着一个宁静幽美的村庄，和四周如画如梦的风景说，当年曾经有几千个英国佣兵到这里来，结果全被俘虏了。“英国人怎么能对付得了维京人？”导游笑道：“村民们开会，如何处置这些俘虏，后来觉得遣送、交换都太麻烦。于是把每个俘虏的头都割了下来。多干脆！”

我一边听，一边看那宁静的小村庄，后面有白雪覆盖的山头，旁边是幽谷涵岚的狭湾，尖顶的教堂从绿绿的树丛里伸出来，夕阳下，树特别绿，塔尖也特别照眼。一群绵羊迎面走来，带头一只大羊的脖子上挂着铃挡，叮当叮当地响。

我很难想象，当战争在这里发生时，会是怎样的景象。

一丛丛的密林，成为最好埋伏的地方？

一棵棵白杨，当鲜血溅到那白色的树皮上，会是怎样的色彩？”

一个个尖顶的教堂，会是多么好的瞭望塔？

一颗颗割下的头颅，是挂起来，还是扔在了什么地方？

从万古来看，每一片美丽的风景下面，都可能是坟场。如同山顶洞人和尼安德塔人，在挖掘他们的洞穴时，发现地下一层又一层，千千万万年，留下一代又一代的骨骸和遗物。

记得电影“巴顿将军”里有一个镜头。巴顿的车子在郊外开，他突然叫停车，一个人走下去，面对一片旷野，深呼吸，说他感觉得到，那里是一个“古战场”。

“古战场”，多么令人发思古之幽情、无限凭吊，又无限欷歔的名词。如同“史诗”，总令人震撼，总引起心灵的净化，总给人壮阔的感动。

“耶娘妻子走相送，尘埃不见咸阳桥；牵衣顿足拦道哭，哭声直上干云霄。”多美的电影场景！如果燃起一阵烟，拉出一片哭声，加上褴褛的衣衫、憔悴的容颜、滚动的车轮，那氛围有多棒！

只是，如果你我是要出征的人，我们的妻小正牵衣顿足拦住我们的脚步，那生离死别之际，又是何等的心情？

“古战场”、“史诗”、“人间的悲剧”。请问：我们脚下的土地，有几个不曾是古战场？有几个不能把千百年来发生的事，写成一部史诗？又有哪一寸土地，不曾上演人间的悲剧？

《杀手正传·（当杀手与杀手相遇）》

08 入定的脸最年轻

她的头很小，远超过“国际模特儿”一与九的比例。

但她不是“波霸”，甚至可以说没有“波”，因为她穿着厚厚的铠甲。但她有腰，纤细得惹人怜。从她铠甲的胸前，伸出长长的手臂，那是上天对她的恩赐，如“机器战警（Robot Cop）”一般，将世间最锐利的武器，长在她的双臂上。

带着小刺的上臂，使敌人的刀剑即使砍过来，也无法滑动，也使她能借机会还击。

她的拥抱能醉死人，她总是先用最温柔的手指挑逗，再以长长的指甲把你勾住，然后搂你入怀，偷偷把她下臂的两排钢刀，送进你的身体。

她的腿是修长而挺直的。两条前腿，善于舞蹈；两条后腿，能够跳跃。

她的臀围很大，是属于能生育的那种。当她生产时从不哭喊，当她做爱时也不叫床。她是端庄的淑女，让人不由得想起中世纪宫廷穿着蓬蓬裙，摇着羽扇，微微倾身，与宾客寒暄的贵妇。

她甚至是会飞的天使。但不到必要，绝不展示。她是庄姜，《诗经》中最美的女子。高高的个儿、宽宽的额、螓首蛾眉、美目盼兮。

她也如庄姜一般“衣锦䌹衣”，里面穿着华丽的锦缎，外面罩件褐色的单袍。那锦缎裙子穿在腰的位置，罩袍稍高些，有时候还绲个绿边。当她把这四片薄如翅的衣衫扬起时，有绿条、有红花，还有金粟，真是美极了。

更美的，是当她“执行任务”时。褐绿色的罩袍，在树林中成为最佳的“迷彩衣”。她凌波微步，一寸寸向目标接近。她的眼里没有柔情也没有仇恨；她的手稳得不会发出一点震颤；她的心如平常一般跳动；她的呼吸依旧那么均匀。她冷冷地看着，不是看人、不是看物、不是看一个有生命的东西，只是瞄准“目标”。

对每个职业杀手而言，都只有“目标”，没有“人”。因为有了人，就有了情，有了情，造成一点犹疑，就是杀手被毁灭的时刻。

终老故乡的杀手不多。能够终老的都看来不再像杀手，而像慈眉善目的老人。杀手晚年的平静，如同少年时扣扳机时的平静，像没有一丝波纹的湖水。

所以杀手也是不易生皱纹的。没有哭、没有笑的脸，平平的、静静的，像是入定。

入定的手最稳，能直指人心。

入定的脸最年轻，所以派蒂虽然已经壮年，依然年轻得像是少女——无邪的少女，不必设防。

《杀手正传·（杀手和他的主子）》

09 “神人”没有死的权利

英雄最伟大的结束是死在战场上，其次是寿终正寝在任上，再其次是退休之后好好地死去，最糟糕的莫过于死在敌人的刑场上。

英雄理当死得像英雄，就算进了竞技场，能肝脑涂地、肚破肠流地被杀死，也是好的。如果被绑着、乖乖上了绞刑台，就有失广大群众的殷望与拥戴了。

对的！广大群众。英雄本来就是为广大群众景仰而产生的。你做英雄时有多被拥护，你做狗熊时就有多被唾弃。如同一位武术宗师，自己创造一套武学、编织许多神话，再在一群弟子的吹捧之下，拥有无数景仰的群众；大家天没亮，就集合，一起聆听教诲，如醍醐灌顶般，被抑注、被充满。然后一起练那金刚不坏之功。

当有一天，这宗师，这应该不可能死的“神人”居然得了病，且病得无法再“临朝”。消息传来，会是怎样的场面？这点小病，神人就倒下了，我们这些凡人跟着他，还有什么前途和保障？于是，神人还没死，神话已经破灭，徒众已经四散。

你说，这“神人”能倒下吗？就像楚汉相争时，汉王明明中了箭，受以重伤，躺在床上。还要被张良勉强拖起来，出去劳军，以安士卒。

神人死了，最惨的是下面的大弟子，神人的神话一半是他们编的，神话破灭了，幻想破灭了，失望的群众就要拿这些当年帮助妖言惑众的人开刀，原先辅佐的名将全成了帮凶。

所以神人甚至没有死的权利。死了，消息也可能被压着，不敢发丧。

《杀手正传·(少年杀手的蜕变)》

夜之华（二）
猫头鹰曼陀罗

刘墉作

147x217cm

1993年

10 白道经常也是黑道

大概那就是“保护色”吧！我相信在枯叶多的地方，一定褐色的螳螂多些；在绿叶丛中，又必定多半是绿色的螳螂。对我而言，那是它的保护色，免得被我抓到。但是相反地，对那些被它猎杀的小虫而言，那保护色何尝不是保护这强权阶级，使那些升斗小民，能不知不觉地被掠夺、被猎杀。

所以白道经常也是黑道。如同白云也是黑云，从飞机上向下看，厚厚的，能够反射阳光的，是白云；从地面看，同样一片云，却因为阳光无法穿透，而成了黑云。

我们可能从生下来，一辈子，都扮演白云或黑云；也都自以为是白云或黑云。我们也可能都是螳螂，吃弱的、躲强的。且用躲避强敌的本事（保护色），来欺侮弱小。如同学生时代最会作弊的，当了老师，就最长于“抓弊”。当警察时最会抓黑道的，一朝入了黑道，也就成为最会躲警察的。

《杀手正传·（少年杀手的蜕变）》

11 法是人定，也是人用

我仿佛看到一个自以为智慧高人一等，不屑同流合污，而讪君卖直、孤芳自赏的清官，被一步一步“安排”，终于身陷囹圄，落得五马分尸。

他可能只想到有天下的百姓，以圣贤的诗书作后盾，而忘了“法”是人定的，也是人用的。他也可能一直到被“五花大绑”地拖出家门，还回头对家人喊：“快！想办法，禀告圣上！圣上一定不知道。”

“邪人说正法，正法也成邪；正人说邪法，邪法也成正。”这世上的邪人能成功，都因为他们用了“正法”；这世上正人会失败，都没败在“邪法”，而败在“邪人”。

《杀手正传·（杀手和他的主子）》

12 宇宙是个天平

宇宙非常奇妙。人参上火，人参头降火；莲子上火，莲心降火；椰子肉上火，椰子水去火。一种植物的本身，就能造成平衡。

此外，生在热带的椰子，应该“性热”，它的水反而最寒；生在沙漠里的仙人掌应该“性燥”，它的花反而清凉。植物又因为要与环境平衡，而有了不同的属性。

于是我想，古人是不是用这个道理，认为螳螂“嗜杀”，所以它的蛋能“安心、定神”？螳螂有钳子，可以钩、可以斩，于是它的蛋能“化瘀、消肿”？

这就好比传说毒蛇可以去火；犀牛角可以退烧；雪莲可以壮阳；癞蛤蟆可以治癌。所谓用“大毒”对“大解”；以“大燥”对“大寒”；用“大阴”对“大阳”。以“肃杀”对“肿胀”；用“大恐惧”对“大安心”。

这宇宙就是个天平。虚而后盈，死而后生。乐极生悲，悲极生喜。

《杀手正传·（冷血的杀手温柔的母亲）》

13 超级杀手的养成

秋天就是这样。东西可能多得吃不了，又突然没得吃。命可能好极了，又突然坏极了！如同中年人，总算熬过大半个人生，打拼半辈子，有了钱也有了闲，开始能泡酒家、下舞厅、进赌场，却突然心肌梗塞，倒下了。

秋天是冬天这个大悲剧来临前的混乱，仿佛沦陷前的西贡或上海。有俄国轮盘赌，也有最后一杯醇酒和美人。有人准备逃，放下家、放下产业，带着老小“一阵长唳”地飞走。也有人死命抢，见一个抢一个、见一个杀一个，反正也没剩下几个明天。

秋天是杀的季节。天杀万物、万物杀万物。派蒂也一样，经过复元、经过学习、经过成长，在这乱世秋天到来的时刻，它已经成为一个职业杀手，而且是位“超级杀手”了。

《杀手正传·（超级杀手的养成）》

三言良语·处世

你在批评任何人之前，都应该想想，是他这个“人”与你对立，还是因为他今天的职位和立场，使他不得不与你对立。进一步想，如果有一天，他卸下这个工作，是不是问题就解决了。

《我不是教你诈·［牛马逃亡记］》

这世界上许多人会问你对第三者的看法。他的目的，可以是调查，也可能是“套你的话”。当你发现别人来套话的时候，一个字也不能说。至于在一般闲谈间，如果你发现对方要批评与你相关的人，最好的方法，就是及时把话题带开，或暗示对方，你的“关系”。

否则，对方的批评一出，许许多多的副作用，就会产生了。

《我不是教你诈·［王老虎主任］》

中华民族是节俭的民族，东西自己用不了，又舍不得扔，觉得暴殄天物是罪过，于是拿去送人。送什么人？常送不如自己的人。岂知这样做，稍稍不注意，就伤了情。

《我不是教你诈·（疫苗丑闻）》

送礼，有个原则，就是看对象。生活上短缺的朋友，你最好送他有实值的礼物；生活优裕的人，你可以送个有情趣的东西。送礼给前者，你的“姿势”要低，才不伤人；送礼给后者，你的姿势要平，才不显得谄媚。

《我不是教你诈·（疫苗丑闻）》

送礼，就是表示敬意、表示礼貌、表示尊重。

对方是怎样的身份，你要送怎样的礼。怎样的礼，也正可以表示受礼者在送礼者心中的分量。

相对地，有多少能力，送多少礼。如果你没有那个分量、那个心胸，就不要勉强自己。因为，如果送礼显示了你的“优越感”，或让对方感到“自卑”，都失去了送礼的意义。

《我不是教你诈·（疫苗丑闻）》

愈是有矛盾的人，愈要挣扎。

你千万别见他挣扎，反而以为他没有矛盾。

愈是不快乐的人，愈说自己快乐。

你千万别听他说快乐，就以为他真的无忧。

只怕，他们更矛盾、更不快乐。

《你不可不知的人性·（外交官夫人的内交）》

失意人前，千万别说得意事。

别人夫妻失和，跟你诉苦。你与其大发宏论，教他夫妻相处之道，不如说“你看我和我那另一半，好像很亲爱，其实，我们以前也常吵架，甚至要离婚呢！”

于是，她心想，她比你当年还强，应该以后会跟你一样好。

别人事业失败，跟你诉苦。与其以成功者的姿态来指导，不如告诉他，你当年跌得比他更惨，是一点一点又做起来的。

于是，他想，他也能东山再起，和你一样成功。

《你不可不知的人性·（股市名嘴换人做）》

“十年河东，十年河西”。每个人都有得意时，也有失意时。

老朋友发了，不见了，要想：“他忙。”

老朋友垮了，避不见面，要想：“他难。”

如果你不得意，千万别猜朋友躲着你，否则你只可能更孤立。

如果你很得意，遇到以前的朋友，千万少谈眼前，多谈过去，别人才会觉得你仍然念旧。

《你不可不知的人性·〔我们不认这个好朋友〕》

一个开车时闪躲每个路上小坑洞的人，常有较高的出事率。中国更有句俗话：“不痴不聋，不作阿家翁”。一个对于部属告的每个状，都作立即反应的人，绝对不是最佳的领导者。

《我不是教你诈·〔只管向我报告〕》

要跟一个人建立特别亲密的关系，最直接的办法，就是分享他的秘密。为了达到这个目的，人们会使用各种手段，他们可以为你算命、为你填表、为你做心理测验的游戏，也可以用他们的秘密来交换你的秘密；甚至用“假秘密”换你的“真秘密”。

《我不是教你诈·〔好个知心朋友〕》

人最不能承受的重量，不是有形的重量，而是“无形的情”。

没有人希望欠人情，没有人希望背负着“人情债”。有些男女，甚至会因为受不了爱人对他（她）太多情，而离开。

《你不可不知的人性·〔外交官夫人的内交〕》

这世上送“有形礼物”给你的人，并不可怕。真正可怕的，是那以一种莫明其妙、毫不合理的方式，捧上礼物，又使你不得不接。即使不接，也不得不百分之百领情的人！

《我不是教你诈·〔高人出手挡不住〕》

以非法手段得来的“通行证”，常通向最危险的地方。

《冲破人生的冰河·〔别死第二次〕》

这世界上更有多少年轻男孩子，有教养、有礼貌、有体贴、有人格，结果让自己的爱人落在无耻老豆的手上。因为无耻老豆无耻，他没有教养、没有礼貌、没有体贴、没有人格，他硬上！

“男人不坏，女人不爱”，女人是真爱坏男人吗？不见得，你应该说女人常挡不住坏男人，女人的贞操如同箱子上的锁——挡君子，不挡小人。

《你不可不知的人性·〔无耻老豆的“恩情”〕》

如果你是男人。

请不要问你的妻子，她心底是不是也有那么一串黑名单，过去的已经过去，你何必给她再次的伤害？你又难道能把自己的过去，都摊在她面前吗？

贞操在内心，所以即使是妓女，也能有“二度贞操”，只要妓女能实实在在，百分之百地爱，也能被称作“纯洁的爱”。

《你不可不知的人性·（无耻老豆的“恩情”）》

女人的丑态，女人自己也是见不到的，只有那可爱的，令她们心仪的男人见得着。

每个女人的矜持，都得看对象。如同一个慎重的投资人，手里攥着钞票，看着盘面，他总会在他认为恰当的时机松开手，把钞票交出去。

一个被教育得太慎重、甚至胆怯得有些神经质的投资人，很可能失去最好的进场机会，最后实在忍不住时，捡了个人家不要的烂摊子。

《你不可不知的人性·（无耻老豆的“恩情”）》

人性是面对亲人被威胁的时候，硬汉也不再硬。人性是你有多么爱，就有多么强，又有多么弱，以及多么自私——对你不爱的人自私。

我觉得在这个不再喊口号的时代，我们更应该认知人性，认知我们都是人，有人的恶，也有人的善。

甚至，我们应该能由人性的丑恶中，看到人性的善良。

《你不可不知的人性·（由禽兽到超人）》

在人生的战场上，射不太准，却能拔枪快、射得多的人，常成为神射手的剋星。

《肯定自己·（灵活的战术）》

退路就是这么简单，它只是退一步想，做一个相反的假设。譬如办园游会时设遮雨篷、跳伞时带一份备用伞、飞机上准备逃生器、高楼设置防火梯，虽然没有人希望用这些东西，即使用，也不见得百分之百管用，设置时反要增加许多麻烦。但是，毕竟退路可以使我们不至于一败涂地。它为你在绝望时带来希望，如此说来，“退路”何尝不是另一种“进路”。

《超越自己·（退路）》

对已知的环境，做进一步想；对未知的环境，做退一步想。在人生的旅途上，前进固然可喜，后退也未尝可悲，最重要的是：

在前进时要知道自制，免得只能进而不能退；后退时则要知道自保，使得退却重整之后，能够再向前行！

《超越自己·〔真假世界〕》

合作失败的人，常拆伙，因为彼此责难。

合作成功的人，也常拆伙，因为各自居功。

直到拆伙之后，发现势单力薄，再回头合作，那关系才变得比较稳固。

《冲破人生的冰河·〔八双手〕》

“在西方社会，成人晚上带有少许酒味，是被人们接受的，但是如果早上带有酒气，则受到轻视。因为早上应该迎向工作。多么放肆的夜晚，也要在此刻结束。只有知道收束的人，有资格纵情；只有白日知道迎向光明的人，可以享受一些夜的绮丽。

《创造自己·〔肆情的夜晚〕》

在人生的战场上，不要觉得自己已经拼了命，更不要怨环境对你的要求过苛。而当想想，是不是自己的对手更拼命，别人的环境要求得更苛。

否则，你在拼命之后，还是可能落得惨败，而且一败涂地！

一个真正“识人”的人，必定有宽大的心胸，而有较少的偏见，因为若不如此，他就无法像九方皋一样抛弃表面，观察到内里。

一个真正的人才，必然不会嫉才，因为他自己若有独到的才能与自信，何必去嫉妒别人的才能？反而因为发现你的不同光彩，而乐于与你结交。即使他不得不与你竞争，仿佛变成了敌人，仍然会尊重你的才能。因为你如果没有分量，又哪里配做他的对手？

只有在你表现说“不”的实力时，对方才会感激你说的“是”。也只有在你知道说“不”的情况下，才能积蓄足够的实力说“是”。

只有充满自信与原则的人知道说“不”，也只有别人知道你有说“不”的原则之后，会信任你所说的“不！”

在人生的战场上，我们不但要有跌倒之后再爬起的毅力，拾起武器再战的勇气，而且从被击败的一刻，就要开始下一波的奋斗，甚至不允许自己倒下，不准许自己悲观。只有那样，我们才不是彻底输，而只是暂时地“没有赢”。

《创造自己·（没有赢）》

为什么会有战争？

因为我们都从自己的角度看事情。

他们拜他们的神，我们拜我们的神；他们认为他们打的是圣战，我们认为我们执行的是公义。问题是，在这冲突当中，双方都认为是照上帝的旨意去做事，却忘了上帝教导我们的爱。

《不要累死你的爱·（孩子，今夜让我带你祈祷）》

“要成功，先得上台面！台面都上不了，怎么成功？”

而这台面岂是易上的？常是要忍辱、负重、贴钱、蚀本、吃亏，且偷偷吞下眼泪，才能上去的！

《肯定自己·（台面都上不了，怎么成功？）》

我们每个人，都是人。是人，谁能不犯错呢？只是有人犯错，被抓到了，成为笑柄、受到了惩罚。有些人没被抓，就暗自高兴，且看别人的笑话、定别人的罪。

曾听人说，只有上天能饶恕人的罪。我却要说，在上天没饶恕之前，先让我们学会饶恕；在上天绝我们的生路之前，我们应该先为彼此留一条生路！

《生生世世未了缘·轻轻摘下那顶绿帽子》

知道不等于发现，观望不等于投入，“精神加盟”不等于“亲自参与”。那些只是把支票寄出去的善人，无论他捐多大金额，都不可能获得那种“亲身投入”的感动。

《生生世世未了缘·当我们亲身投入》

性爱、性爱，男女最先的相处需要“性”，后来的相处需要“爱”。所以一对男女在做爱之后，还能彼此爱怜、百般温存的才是真爱。

《你不可不知的人性·老爸的新老婆》

家庭失和——自己人受伤，外人看笑话，有心人占便宜。

《冲破人生的冰河·爸爸的车》

“Dead line”，这个意思是“截止期”的英文，如果直译成中文，真是难听——“死线”。

问题是，我们哪个人没有最后的“死线”呢？

我们都有一天会死，不再有明天，也不再能拖，甚至——

不再能悔，悔也没用。

我们是不是应该总在活着的时候，为自己设下一些死线？使我们能掌握每一刻的生命、无愧于这一生。

《攀上心中的巅峰·（从“升天事件”谈起）》

一个人否定往事，有什么好处呢？那往事是你的黄金时代，当你把自己的青春岁月、黄金时代，全说成“瞎了眼”“白过了”的时候，对于你的人生，有什么正面的意义呢？

成熟的人承认错误；成熟的人，不否定过去，即使譬如“昨日死，今日生”，那昨日依然曾经存在。

所以，在看来已没有情的时候，你还是应该冷静下来，想想过去的恩。

《爱何必百分百·（当你们不得不分的时候）》

这世上绝大多数的人都只有同情，没有行动。看到大震灾，他们会对着电视哭，与亲朋好友争相交换消息；他们也可能因为亲人的安好，而感谢上苍，看到电视上播出捐款专户的号码时，他们更可能赶快记下来。

然后，没有行动。电话号码弄丢了、同情心减弱了、时机失去了。

《面对人生的美丽与哀愁·（有行动的爱才是真爱）》

不敢说不的人，往往缺乏实力，他们只怕不顺着对方的意，自己就要吃亏。岂知愈是想讨好每个人的，最后可能谁也没讨好，因为没有人珍视他的“好”，却要加倍地责备他可能的不周到。愈是想对得起每一个人的，愈可能对不起人，因为精神、时间、财力有限，不可能处处顾及，结果服务的水准下降，还是对不起人。就算是他拼老命地应付了每个人，至少对不起了他自己。

《创造自己·（为什么不说不）》

“勇于公战”的人，总“怯于私斗”；反而“怯于公战”的人，常“勇于私斗”。

在办公室里，你可以得罪忙人，因为忙人没时间跟你计较；你可千万别得罪闲人，因为闲人有的是时间跟你周旋。

《你不可不知的人性·（扮老母鸡的大男人）》

第三章

磨剑少年

C H A P T E R 3

小燕芙蓉

刘墉作

60x90cm

2013年

01 学会保护自己

什么叫保护自己？

保护自己就是使自己受到的伤害能减到最小。如果坏人要抢你的钱，就把钱给他；要抢你的手表、项链，就自己摘下来给他。

问题是，他如果要强暴你怎么办？

你今年十二岁，是我该跟你谈这事的时候了，相信在学校，老师也跟你们说过了。

这是一个有各种人的世界，有好人、有坏人，好人可能变成坏人，坏人也可能改邪归正。

我们一生可能遇到各种状况，有幸，有不幸；有走运的时候，也有倒楣的一刻。

当你无可避免地遭到不幸，只好逆来顺受。

《小姐小姐别生气·（当你遇见大野狼）》

02 取与舍

“取”是一种本事，“舍”更是一门哲学；没有能力的人取不足；没有通悟的人，舍不得。

舍之前，总要先取，才有得舍，取多了之后，常得舍弃，才能再取，所以“取”、“舍”虽是反义，却也是一物的两面。

少年时取其丰；壮年时取其实，老年时取其精。

少年时舍其不能有；壮年时舍其不当有；老年时舍其不必有。

《点一盏心灯·（取与舍）》

水湄仙子（姜花）

刘墉作

60x90cm

2013 年

03 切玉的哲学

据说远在石器时代，他们没有锯、没有锉，却已经能将整块玉石平平地切开。他们的工具很简单：一根细绳、一盆水和一把解玉砂。

绳是多么软、水是多么柔、砂是多么散，但是只要绳沾了水，再粘上坚硬的解玉砂，一遍又一遍地从玉石上拉过，就渐渐刻下切纹。

没有绳，便没有东西引带；没有水，砂则无法附着；没有解玉砂，玉就不会屈服。三者的合作，仿佛领导者、谋士与猛士，只要缺其一，就无法成事；只要能结合，就足以克服最强劲的对手。

从远古到近代，不知有多少人在治玉中找到处世的哲学，他们扪心而问，自己是根柔韧绵长，却不足以带砂的绳子；还是流动灵活，却难以定型的水；抑或刚健勇猛，却散乱无方的砂。他们彼此寻找，进而结合，使那表面粗砺的韫玉之石，得以放出光彩，更引来能够攻玉的他山之石，琢磨出精致的玉器。

《点一盏心灯·（切玉的哲学）》

04 选蜡烛的学问

选蜡烛，实在有很大的学问，尤其是那“烛心”，偏了的不能要，否则燃烧不会均匀；太粗的不可取，因那烛火虽强，却消逝得快，且少了情趣；太细的也不能用，因为一点微风，就会使它熄灭。至于点燃的时候，就更要讲究了：那烛台要正，免得烛泪自一边倾下；那烛心要直，免得一侧燃出个大缺口；那烛心要不长不短，短了烛火太弱，多了则要跳动生烟。懂得调整烛心的人，常能使蜡烛多燃许多时间，甚至在熔成一小滩的时候，只要烛心不偏，还能多耗些时。

听了这许多话，下次对着荧荧一烛，你一定会有许多新发现，而且即或没有烛火在前，何尝不能在自己的心中点起一盏烛光呢？

于是你的心，就是烛的心，要不粗不细、不偏不倚，且得常常修剪，剪得不长不短，恰恰托出一片蕴藉的光辉与温暖。

《点一盏心灯·（剪烛西窗）》

05 平凡、不平凡

我们常说一个人很平凡，或是很不平凡，其实每个人都兼具“平凡”与“不平凡”这两者。一个人平凡，因为他是一个人，所以人性所具有的，他都应该有；一个人不平凡，因为他不是别人，古今往来就他这一个人，是为真正的他。

也就在这既平凡又不平凡的矛盾之间，在这既具备基本的人性，又有着天生不同的特性间，平凡人使自己成为不平凡，再以这些不平凡来影响平凡，造成更多的不平凡。于是：

伟大的哲学家，在平凡的人生中，找到不平凡的思想理论，使平凡的人们读了，能找到生命不平凡的意义。

伟大的艺术家，在平凡的生活中，找到不平凡的创作题材，使平凡的人欣赏之后，将心灵提升到不平凡的境界。

伟大的科学家，在平凡的事务中，找到不平凡的秩序与方法，使平凡的物质，能化腐朽为神奇。

最重要的是，这些伟大的人，在创造那许多不平凡之后，却仍然跟我们一样，有爱、有憎、有喜、有悲，是那么地平凡！

《点一盏心灯·（平凡）》

06 我所理解的成功

什么叫作“成功”？得一块奥运金牌？得一座奥斯卡奖？还是得到一张名校的文凭？

这些都是成功，也都是“一时”的成功。

有什么成功是永远的呢？只有前二十年成功、后二十年成功，甚至再过二十年，还成功的人，才称得上真正成功。

人生就像登山，有些人登到顶峰，自认为再也无法突破，于是从山巅跃下；有些人回头，循着原来的路，一步步走下去。也有些人，抬头远眺，看看有没有其他可以征服的山头，然后，走下这座山、攀向那座山。

别愁这世上已经没有更高的山，让你去攀登。

山在你的心里，每个明天，都是另一座山！

《攀上心中的巅峰·（攀上心中的巅峰）》

07 换个角度看世界

每当你觉得对手强、时间不够、能力不足或满怀抱怨的时候，都应该先想想：是不是因为自己当时的心情抑郁、身体较弱或精神欠佳?

在你要对一件事情说不，而采取退缩态度之前，是不是可以先缓一下做决定，好好睡个觉、游个泳、打个球、吃顿饭，养足了精神再说。

你很可能发现原来嫌噜苏的朋友，一下子变得殷勤可爱了。

你很可能发现原来的“山重水复疑无路”，突然成为“柳暗花明又一村”了。

你很可能发现原来找你麻烦的敌人，一下子成为给你机会的同志了。

你很可能发现原来苦思不解的问题，突然间全有答案了！

《攀上心中的巅峰·(找回你自己)》

08 隐藏情绪是一种修养

隐藏情绪是礼貌，也可以见出你的自制力和修养。

举个例子来说，当奶奶病逝的时候，如果你到外面，参加同学的派对，心情不好，在那儿掉眼泪，就显示了你的自制力不佳。

你绝对不能说“我伤心，我要哭就哭”。而应该想想，当你哭的时候，是不是会造成别人不安？大家会不会因此过来安慰你，使原来欢乐的气氛受到影响？

《小姐小姐别生气·（小姐小姐别生气）》

/ 明月清风好琼华 /

/ 刘墉作 /

/ 74X112cm /

/ 2013 年 /

09 英雄出少年

当曹植写《铜雀台赋》时不过十九岁；当莫扎特（Mozart）写成脍炙人口的一百八十三号交响乐时，才十七岁；当披头士（Beatles）一九五八年在利物浦的俱乐部登台时，不过是一群十六七岁的大孩子；当毕加索进入他著名的蓝色时期，只是个二十岁的小伙子。

是什么力量使这些“英雄出少年”？

是因为他们虽然可能没有过人的功力，却有过人的精力；没有足够的学识，却有惊人的胆识；没有深思熟虑的计划，却有飞扬想象的创意。最重要的是：

他们是无名小卒，没有沉重的心理包袱。

这些都是成人们，或成名者所缺少的，也正是少年人往往能制胜的本钱。

《创造自己·（英雄出少年）》

10 肯定自己的价值

肯定自己存在的价值，对叛逆期的孩子非常重要，因为童年时他还懵懂无知，不太去想“存在”的问题。现在他开始独立，开始走离父母身边，也自然开始会想“我活着是为了什么？”

是啊！他为什么活着？为了讨父母欢心？为了读书考学校？考上好学校又怎样？找到好工作？找到好伴侣？对不起！对他们来说，那都是太久远的事。

他们只问：“我现在，为什么要活着？”

当他只是在“获得”，得到父母师长的关怀、得到许多零用钱、得到锦衣玉食的时候，就像是一只不断往里灌水，却不准出水的容器，有着将要爆炸的感觉。

当你让他只是得到爱，却不必付出爱的时候，只可能增加他精神的负担。

《在生命中追寻的爱·（你不能不准我爱）》

11 人生的风水与格局

什么叫作“格局”？格局可以是胸怀、是见识、是信心、是宽广的抱负。

格局是在自信中不否定别人，是一种谅解与包容。格局不是“藏于己”，而是“分与人”。格局是愈得意，愈无私。格局不是“单赢”，而是“双赢”。

人生好像在堆高塔。你想堆得愈高，那底盘就得愈大。你不能把每块石头，都往塔尖上放，而要多分一些在塔基。塔尖是你，塔基是你周遭的人。

你必须从年轻的时候，就学着去关怀、去谅解、去帮助。并欣赏每一种文化、每一样食物，每一个人种！

于是，你不再狭隘、不再偏心、不再小器。你学会与大家共享、共荣，且因而得到更多人的爱护。

你以宽广的天地作为“格局”。

《迎向开阔的人生·（人生的风水与格局）》

12 打赢每天的第一仗

这世上居然真有许多设有贪睡装置的闹钟，当它响起时，你只要按一下贪睡钮，它就延后十分钟再闹，届时如果再按，它又会延后十分钟。

我反对这种闹钟，因为它使我们对睡前的决定讨价还价。如果睡前认定六点起床，为什么要拖到六点二十；如果可以拖到六点二十，睡前又何必定在六点？人不能对自己妥协，想想！对自己几个小时之前的决定尚且妥协的人，还可能对长远的理想坚持到底吗？

从以上提到的许多经验，使我每天对起床这件事，都有了一种战斗的态度。我极力坚持自己起床的时间，并在中途醒来时，尽量保持清醒，因为起动不快的车子，不可能在赛车场上有杰出的表现。而每当我实在累得起不来时，都对自己狠狠地说："一天开始的第一仗就输了，怎么了得？"

《肯定自己·（打赢每天的第一仗）》

青鸟曼陀罗
刘墉作
60x90cm
2014 年

三言良语·奋斗

抱负！抱负！你要“拥抱”美好的未来，就得先“背负”重责大任。

舍得！舍得！你要“得到”成功，就得先“割舍”许多眼前美好的东西。

《攀上心中的巅峰·人生的是非选择题》

绝大多数的动物，是为了生存求偶和养育下一代而工作，只有人，起初为生活，但是既然接受了任务，就能把工作放在个人的私生活之上。

所以有无数人，不为生活，而为工作，走向最艰险的地方。也有无数人，上天明明要他死，他却为了必须对工作负责，而撑着，不倒下。

工作，使少年人成熟，使中年人强壮，使老年人长寿。

《攀上心中的巅峰·神圣的工作》

你可以一辈子都不登山，
但你心中一定要有座山。
它使你总往高处爬，
它使你总有个奋斗的方向，
它使你任何一刻抬起头，
都能看到自己的希望。

《攀上心中的巅峰·【引言】》

如果你生在一个不以成绩和名次挂帅，又没有升学压力的地方；如果你的程度很高，或从不拖延积压；如果你能不计得失，完全为自己喜欢而读书。那么，学校的课本都可以是生动可爱的。

《攀上心中的巅峰·【让仇人变成爱人】》

我常对自己，也对学生说：“笨人用聪明方法治学；聪明人用笨方法治学。”意思是，如果你笨，就要使用各种读书的技巧，使自己不落人后。相反的，如果你很聪明，则应该比别人更脚踏实地，用“尽信书不如无书”的态度，一点一滴，发挥个人的创见。

《攀上心中的巅峰·【十目一行的天才】》

只有对山先存一分谦虚的态度，准备足够的行囊，且知道退路的人，才能攀上巅峰。

每次看报上登出十三四岁就拿到博士学位的消息。我也都纳闷：为什么从没见以前的这种天才，而今有什么了不得的成就？

这种天才会像爱迪生一样，被误为“低能儿”吗？会像牛顿一样，看到苹果落地而不解吗？

只怕他们都因为太聪明，聪明得“不会不解了”。

“十年寒窗无人问，一举成名天下知。”我很不欣赏这句话，觉得它给了学子错误的印象，仿佛读书就是“寒窗苦”。它也使读书人太功利，似乎读书就为了科举、当官、出名。

而且，如果一个人钻进书堆里十年，完全不关心周遭的事情，就算他得到博士学位，只怕也因为与社会脱节，而难有成就。

大概世上每个民族都有所谓成年礼吧！从那一天，女孩可能改变了发型，表示她长大了；男孩可能戴上帽子，表示他不再是毛躁的小伙子。在某些保守的宗教国家，女孩子从这一天，就不再能露着面孔、赤着臂膀在街上奔跑，而要成为谨言慎行的大闺女；在一些非洲部落，男孩子要随着族长进入深山，经历一段艰苦的磨练，甚至在身上烙下疤痕，表示成为一位骁勇的战士；还有些地区的人，必须投身寺庙，经过一番清修，才被认作是个有思想的成年人。

看一个民族的成年礼，就可以知道他们的价值观。有的民族重视勇气；有的民族重视思想；有的强调自制的功夫；有的偏重待人的态度。

总之，到这一天就不一样了。

《攀上心中的巅峰·〔感恩的烛光〕》

“惜福”先要“知福”；“知福”先要“知祸”。人不知祸的滋味，如何识得福的相貌？人在福中而不自知，如何知道惜福？

为善不求福报，福报自来；
读书不为功名，功名自至。

《人就这么一辈子·〔知福与知祸〕》

中国北方有句俗话："包子有肉，不在摺上。"意思是真有内容的人，不必彰显在外面，但不争的事实是：往往只有有肉的包子，才能不计较摺子；只有具实力的人，才能不计较攻讦。

当我们不能做到"大人不计小人过"和"富而无骄"时，真正的原因，常由于我们不是"大人"也不够"富"；我们不是缺乏那份修养，而是少了那份实力，与具有实力之后的泰然。

人们常在遭遇不幸时，会怨天尤人，但是也有许多人，在谢天的时候，仍然尤人；或在谢人的时候，还要怨天。其实天助何尝不经过人手，人助又何尝不成之在天，所以谢人时也当谢天，谢天时，便不当再计较人怨。

这个世界不会以一时的成功论英雄，也不会以偶然的失误判输赢。人若没有连续持久的表现，往往很难被肯定；既被肯定的人，也难在一时被推翻。

前人说“择吉而居”，这吉应该解释为方便、舒适，只要住得安稳、进出顺当，就是好风水。

古人又说“福人福宅”，这福应该解释为善良、喜乐。能事事泰然，逆来顺受，住哪里，那里就是福宅。

最重要的：

人们只知活着的时候，房子是宅；死了之后，墓穴是宅。岂知道，生时，身体是心的宅院；死后，宇宙是灵的宅院；不注意修身与环境的保护，只晓得今天改一门，明日动一窗，后日悬一镜，这是自私，也是舍本逐末，哪里能算得懂风水呢？

《点一盏心灯·〔现代风水〕》

为了自己的身家名誉，而去拼命的人，算不得大勇。

不顾自己的身家名誉，而去维护真理的人，才是真正的勇者！

《冲破人生的冰河·〔扁鹊与华佗〕》

平时，要“小题大作”，以收警惕之效。

战时，要“大题小作”，以安定人心。

《冲破人生的冰河·〔老板的火山〕》

求人不如求己，防人也要防己！防己害己，也防己害人！

最伟大的老师，不但为我们开一扇门，而且指出一条路。不但指出那条路，而且带我们走过去，且在我们将要成功时，隐藏了他自己。

灾难使伟大的人变得平凡，使平凡的人变得伟大；它是旧有的结束，也是新生的开始。

“与其抱怨，不如自己努力，去创造一个公平的社会。所以当你发现白人歧视黄种人时，一方面要努力，以自己的能力证实黄种人绝不比白种人差，更要学会尊重其他人种！如果你自己也歧视黑种人、棕种人，又凭什么要白种人不歧视你呢？！”

读书就像交朋友，有些书略略翻过即可，是点头之交；有些书必须精读细读，是知心至交；又有些书得再三玩味、十分迷醉，如情人爱侣。

总之，书不能由别人帮你读，朋友不能由旁人为你交，只有自己认识的朋友，一朝重逢，才能有许多惊喜；困境相遇，才能得许多助益。

《人就这么一辈子·（读书如交友）》

有人只见别人的错处，有人却能在错误中发掘优点。唯有同时具有心胸与慧眼的人才能成为后者。份实力，与具有实力之后的泰然。

《点一盏心灯·（放炮）》

只有那种不向自己既有的能力屈服，不满足于既有的成就，总是试图超越自己，抱着一种不服、不平、甚至愤懑，以自己为敌，追求突破的人，才可能称得上天才。

《超越自己·（天才是什么）》

在学习间工作，是一般人所谓的打工；而在工作中学习，则是打工者应有的态度。

《超越自己·（打工）》

说话时，使听众注意力集中，是一门学问。

听话时，集中注意力于说话者，更是一门学问。

因为前者是一种才能，后者是一种德性。

不要以为自己成功一次就可以了，也不要认为过去的光荣，可以被永久地肯定。在这个世上，“现在的成功”是重要的，而现在马上便成为过去，下一刻又得有下一刻的成功。

上帝给每个人的时间都一样，但是每个人使用的效果却不相同。如果你没有崇高的理想，就不能战胜自己的惰性；无法战胜惰性，就很难把握时间。

当你发现原来的计划行不通时，不要去想那计划花了多大工夫，或有多完美，因为不通就是不通，再完美的计划也没用。最重要的是：

你必须立刻找其他可行的路。愈快反应，愈能成功！

我希望随着年龄的增长，你能对许多事情具有忧患意识。你应该开始关心环境污染的问题、国家施政的方针、世界局势的变化，更应该对自己未来的发展有忧患意识，考虑到未来求学的方向，乃至人生的目标。也可以说：你要把自己放入这个世界的大环境中，而不再一切等父母师长的安排。

你会发觉，当你有忧患意识之后，许多潜力都能获得发挥，你也能看得更深、更广，且计划得更长远！

《超越自己·〈忧患意识〉》

“英雄出少年”，这句话说了千百年，今天却比过去任何时候正确！我们甚至可以说：少年不成英雄，后面的路将更难走！如同一大群人赛跑，如果你不能一开始就站到人前，只怕因为前面挤满了人，即使你跑得快，也无法发挥！

《肯定自己·〈一开始，就不让它错〉》

记住！再玩一球、再吃一口、再赌一局、再睡一分钟，听来都是小事，那里面“自我妥协”的细菌，却可能侵蚀你的骨髓，使你一辈子站不直！

《肯定自己·〈走下赌桌〉》

作主是多么棒的事！

作主是不必凡事去请示；作主是能按照自己想做的方式去做。作主是拥有支配的权利！作主是不必再听别人使唤！

但记住！作主也是对自己的行为负完全的责任，甚至对别人负责！因为个人的行为会影响别人，当然自己作主，也就要考虑对别人的影响。

《肯定自己·（你自己决定吧！）》

敬业的态度，是从小就要养成的。你可以因为能力不足而出错，却不可因为自己是学生而马虎。尤其在今天，学校与社会是没有明显界线的，社会人士为了追求新的资讯，常要回学校进修；学生没有毕业，也就能成为社会的中坚。过去人们会因为你是学生而让你，今天人们对你的要求，只怕还要更高。

《创造自己·（不是玩票）》

“一个成熟的人，最基本的表现，是他关心自己的前途，也创造自己的未来，他不再是什么都指望父母解决，而有了独立思考的能力。他的思考，也不再停留在幼年时的幻想、少年时的梦想，而指向理想的实践。”

《创造自己·（踏上征途）》

“不要认为不去跟别人比，就能减少面对敌人的机会，也就能比较快乐。因为你不去比，别人却要来跟你比，这个世界也总是把大家放在一起比！”

“比，确实不是很愉快的经验。那不愉快，是因为打破了自己编织的满足的梦，也可以说是使自己面对了现实。有什么事情，要比你面对敌人，当面交手，来得更真实呢？”

《创造自己·（比，才有进步！）》

你只是照着起初生下来的样子，随着一般人浮浮沉沉地混日子，还是创造了属于你自己特有的气质、风格、技术、形象……？

你不能以“与别人没什么不同”的自己存在！因为那没有真正地活出“你”来！

从现在开始，好好想想，你天赋的才能在哪里？你最有利的条件是什么？你未来的岁月有多长？然后决定自己的风格、选择自己的方向，活出一个真正的你——创造另一个自己！创造自己的前途！创造自己的自己！

《创造自己·（前言）》

我们常在失去时，才知道“有”的美好。希望在你失而复得时，一方面感觉“得”的可贵，一方面纪念失的痛苦。更因此了解失者的心境，产生悲天悯人的情怀。

《创造自己·（悲悯的情怀）》

愈是民主、开放、机会均等的环境，愈能让那些有冲力、有野心、有毅力，照着自己计划执着前进的人，发出灿烂的光芒。

《创造自己·（西屋怪现象）》

“玩物丧志”，这句话不一定正确，因为许多人由玩物的嗜好，进而成为收藏家和鉴定家。但只有懂得“进退”，知道在什么时候停下脚步、精益求精的人，才能成功。至于耽迷其中，不懂取其精华、弃其糟粕的人，则必然要真正地“丧志”了！

《创造自己·（玩物丧志）》

几乎大部分看来满盘赢的人，都可能遭遇过满盘输的场面；几乎每张成功的笑脸之后，都有失败的泪脸。而可以肯定的是，他们都能擦干眼泪，爬起来，继续迎向战斗，否则就是真正的输家了。

《创造自己·（愈烧愈发）》

今天的十二生肖里没有猫！这个在中国流行上千年的古老故事，不是已经讽刺起不来床的人了吗？记住！人们需要闹钟，是因为不敢信任自己的生理时钟；至于那除了闹钟之外，还要请别人催起床的人，就是不信任自己的毅力了！

人不能相信自己，是最可悲的事！将自己的成败，全然寄托在别人身上，则是最可哀的事！所以不要认为起不来床是小事，那实在是不对自己完全负责，在性格上有缺陷的严重病态呀！

《创造自己·（起床难）》

上帝、天使、魔鬼，这是三个相差多远的角色！谁能想到我们在一天当中，甚至一生之中，竟然随时可能扮演其中的一样。

有情趣的时候是天使；有信心的时候是上帝；有怨恨的时候是魔鬼。

精神抖擞的时候是上帝；精神轻松的时候是天使；精神委靡的时候是魔鬼。

少年飞扬时是天使；中年跋扈时是上帝；晚年顽固时是魔鬼。

《爱又何必矜持·（上帝、天使、魔鬼）》

有一天读到曾国藩的话：

“为学不可全恃明快，要思量到迟钝处。”

真是拍案叫绝！曾国藩是何等智慧、何等学问，却能说出这样的话。或许也正因为以他的聪明，还能如此想、如此下工夫，才能有曾国藩的成就。中国绘画理论说：“大拙便是巧处，大巧便是拙处。”不也是同样的道理吗？

一个人无论天生聪明或驽钝，他如果能有过人的成就，必然在“迟钝处”下过苦功。别人不去想的，他去深思；别人不屑做的，他去尝试；明明办不到的，他硬去办。

《迎向开阔的人生·（天才与白痴）》

如果可能，我也愿作李贺，拼命创作出好的作品，呕出血来，即使在二十八岁就早早死掉，也值得！

我觉得这样才是年轻，所以说初生之犊不畏虎；所以那些抛头颅、洒热血的革命家常都是年轻小伙子；所以项羽乌江自刎时，不过三十一岁。

英雄不出少年，还出在什么时候？

少年不作英雄，还有什么意思？

《创造超越的人生·（联考是一生的梦魇）》

花阴小憩（曼陀罗）

刘墉作

76x116.5cm

2014年

第四章

肯定自己

C H A P T E R 1

[illegible] / [illegible]作 / 90x60cm / 2012 年

01 真实的世界

真实的世界，不是花房、不是温床，更不是父母的卵翼。

真实的世界，充满了诱惑、陷阱与不公平。我们要面对它，战胜诱惑、跃过陷阱，打破那令人愤懑的不平，并创造一个公平的社会。

真实的世界，是有一天朋友可能比父母更有帮助，只有那懂得打破僵局、化敌为友、创造机缘的人，才能左右逢源。

真实的世界，是充满生离死别的。如果不能从少年时代，学着认知生命，一朝遭遇变故，可能造成无法平复的伤害。

真实的世界，是充满忧患的。笼中的鸟，若不学着觅食，出笼就会饿死。自小娇生惯养，不知民生疾苦的人，很难与群众结合。

真实的世界，正以等比级数在进步。只有抛弃陕隘的地域、阶级观念，以开放的胸怀，放眼世界，关心宇宙的人，能够在未来世界，有过人的成就！

《肯定自己·（自序）》

02 多代同堂竟是理想

最近我为公视“中国文明的精神”进行评估，在读了一百多万字的专家论文后，印象最深的，竟然是论文里提到西方社会学家，于民国二十六年起，在中国多年调查的结果：

“不要以为中国农村有许多三、四代同堂的大家庭，事实上几乎没有！主要的原因是农民寿命太短，平均在五十岁以下，活不到多代同堂的年龄，又因为贫穷而缺乏维持大家庭需要的财富。”

你能相信吗？这个中国人常以为自古就盛行多代同堂的说法，竟然错了！那是“理想”，不是事实！

父母、尊长平均活不到五十岁，这是多么可悲的事！问题是，父母不能甘旨无缺、安享天年，又难道不是做子女的耻辱吗？

过去穷，我们没有话讲！

今天富，我们该多么庆幸？！可是在我们庆幸的时候，是否该想想自己有没有真尽孝，抑或又是创造了一种假象？！

《肯定自己·（回馈的爱）》

春语呢喃
刘墉作
60x90cm
2012 年

03 靠什么面对自己的死

看到祖父母的死，会使你受一次震撼，感受到死别的痛苦。这个打击可以使你更坚强，坚强得能够承受父母有一天逝去的打击。

当你把这些都经历了，再过二三十年，可能就轮到你自己的死了。

自己的死，不是更可怕、更伤心吗？

我们靠什么能面对自己的死？靠的就是从小到大，到老，经历那许多死亡得到的历练。使我们看开了、看淡了，觉得“人都有一死”，大家都会走上这条路。

《小姐小姐别生气·（孩子不要哭）》

04 以教儿子的方式教女儿

我希望女儿做个淑女，让男生服务。她要知道当电梯门开了，男士靠边站的时候，她不必犹豫，可以先走；当男孩子送她上车后，她不必伸手开车门，因为男孩子理当为她把门关上。

可是从另一个角度，我也希望她能作个女强人。

因为时代愈来愈进步，孔武有力的男生不见得吃香，娇小的女孩子照样可以统治世界。而且我虽然祝福，却无法保证她的婚姻，我当然希望她未来能在经济上独立。

所以我也以教儿子的方式教她。

《小姐小姐别生气·（我是很温柔的老爸）》

05 身边处处是贵人

在我们的四周，到处都可能发现自己的贵人，他们不一定是直接提拔你的尊长，反而可能是毫无关系的陌生者、一面之缘的过客，乃至你的敌人。只要你能在他们的身上领悟到重大的事务，以致导引你走向更好的未来；或由于因缘，使你免于原本可能发生的厄运，就都是你生命中的“贵人”。

所以，不要轻视任何人，也不要轻视自己，因为那平凡人可能是你的贵人；你也可能做为别人的贵人！

《超越自己·（贵人在哪里）》

/明朝有意抱琴来/
/刘墉作/
/142x237cm/
/2014 年/

06 只问收获，不问耕耘

所以对于你，我好比一个总是带着孩子下田的老农，有一天将土地交到孩子手中，要他自己看日子播种，看情况浇灌施肥。我试着不再即刻纠正你的错误，以免除你长久养成的依赖，却要告诉你：

“过去，我只逼你辛勤地工作，要你只问耕耘，不问收获。但是从今天起，我不逼你工作，却要只问收获，不问耕耘。”

其实这个世界就是如此，我们对于自己，固然可以讲“只问耕耘”，以求心安。但是别人对我们，却常常“只问收获”。即使是赌徒，都只问他下桌时，能带走多少筹码，又何必计较，他上桌时有多么地阔绰？

《超越自己·（只问收获）》

07 希望你不是豌豆公主

好孩子！晚上当你睡觉时，爸爸和妈妈看电视，常故意把门打开，让你听得到外面的声音。

我们也偶尔在你卧室开盏小灯、偶尔开盏大灯，又偶尔让它一片漆黑。

我们这样做是有目的的——

我们希望你不是豌豆公主，只因为厚厚的床褥子下放了一颗豌豆，而睡不好觉。

我们知道你将来可能出去住校，可能面对不同的环境，我们希望你能有最大的弹性，适应各种的状况。

《做个快乐读书人·（你是豌豆公主）》

/ 蜓立姜花 /
刘墉作
/ 60x90cm /
/ 2012 年 /

08 快乐要付出代价

快乐是要付代价的！要被爱，更要去爱；要获得，更得付出。快乐是在我们的生活中先建立目标，并完成它。而就在这完成的过程中，在那忧心与释怀、走入困境与突破万难之间，我们享有了真正的快乐。

快乐就是完成理想、完成生命；就是由无到有的创造；从这一站到下一站的旅程。

快乐也就是积极的生活！

《超越自己·（快乐是什么？）》

/春风拂栏露华浓/
/刘墉作/
/76x116cm/
/2012 年/

09 做见过场面的年轻人

我希望当你有一天到女朋友家做客，她妈妈夹一整只龙虾到你盘里，你能毫不犹豫，准确地动手吃。按部就班，吃得干干净净，使对方知道你“见过场面！有经验！”

而当她们的龙头漏水时，你又能立刻拿起扳手，扭开螺丝，换上橡皮圈！让人知道你并非娇生惯养，而是对家庭有责任、有担当的青年。

好妻子、好丈夫或能守能攻的现代人，都要从小学起！从家做起！自助助人！

《肯定自己·（龙虾与龙头）》

10 失意人前，勿谈得意事

失意人前，勿谈得意事，因为那只可能加重对方的落寞感。所以即使万事顺心，也要故意说些辛苦处给朋友听。

得意人前，勿谈失意事，因为得意人常不能体谅失意者的痛苦。所以即使有许多不如意，也要振作起精神。

失意时交的朋友，得意时常会失去，因为他觉得你高升了，不再是他的一伙，他不愿意高攀，也高攀不上，你无心的一言一行，都可能引起他自卑的敏感。

得意时开罪的朋友，失意时也难以挽回，因为他觉得你昔日气焰的消失，不是因为你变得谦和，而是因为走投无路，才回头搭老交情。昔日你不认他，他今天也不认你！

《超越自己·（远行的朋友）》

三言良语·心灵

所以，愈是开放而富裕的社会，人们愈富幽默感；愈是闭锁的环境，愈难让幽默存在。不存在的原因，不是人们没有这份智慧，而是没有这份胸襟；不是因为人们有过强的自尊，而是因为色厉内荏的自卑。一个幽默者最重要的条件是完满健全的人格。

《超越自己·〈幽默感〉》

能做贵人的，自己不一定多么尊贵；当我们要找自己生命中的贵人时，也绝不见得要到世俗所谓荣华富贵的阶层去寻觅。许多贵人，都出奇地平凡，而平凡的我们，也随时可能成为别人生命中具有重大意义的“贵人”。甚至当我们成为别人的贵人时，自己都还不知道呢！

《超越自己·〈贵人哪里来〉》

凭什么我们的同胞要受到如此的苦难？凭什么我们要享受如此的富足？我们应该觉得惭愧，愧对自己未能及早帮助的亲人。我们非但不能瞧不起这些历经浩劫的同胞，反而应该觉得自己亏欠了他们，才对啊！

幸福不能独占，正如同满天的星子，不是只有高楼的人才得欣赏。此刻香江的灯火，像是地上的一片星海，明灭闪烁。我却衷心盼望，那地上繁华的星海，能像天空一样均匀，从这里、香港、九龙、新界，一路铺满下去、到杭州、上海、北京、甘肃、新疆、蒙古……

哪怕山间小小的村落，有一天，也能展现一片美好的星图！

《超越自己·
（美好的星图）》

如果把项羽的地位换成刘邦，只怕就渡江了，而且还会反败为胜！

如此说来，项羽的失败，不就败在他坚直，而难以接受失败现实的个性上吗？

《肯定自己·
（报一箭之仇）》

这世上没有永无争执的朋友，却有愈摩擦，愈光灿的友情。真正朋友的争执，不见得非要错的那方先伸手。

当对的一方，先伸出友情的手，错的一边将握得更紧。有珍惜，更有感激！

《肯定自己·
（情到深处）》

没有人会说“白天的战斗，是为晚上睡觉”，却可以讲“晚上睡觉，是为白天的战斗”！

睡觉，是为醒来之后，走更远的路！

《肯定自己·打赢每天的第一仗》

真正的朋友，是你想去探望他，一次！两次！三次！当他需要你的时候，你就出现！

真正的朋友，是在死难归来之后，立刻就想到你的人。

《肯定自己·再看他一次》

一个男人如果不知道什么时候，把自己从女人身边拉开；一个女人如果不知道什么时候，把自己由孩子身边拉开；一个孩子如果不知道什么时候，把自己由电视前面拉开，他们就很难成功。

《肯定自己·走下赌桌》

许多朋友在听我说不喝酒时，都笑问：“画家、诗人，不喝酒，怎么能有灵感？”

我则反问他们：“有些人非借酒，不能画、不能写，我却不必喝，就画不完、写不尽，请问谁的功力高？”

《肯定自己·五毒聚功散》

吸毒的人就是这么矛盾。他们一方面希望别人也吸，使他们自己不孤独。一方面又知道吸毒的害处，所以绝不让自己的亲人尝试。说得明白一点：

他们拖人下水，让大家都黑，显得他自己不是独黑。却决不拖亲人下水，心想："我反正无法脱身！你们不要再陷进来！"

《肯定自己·（五毒聚功散）》

我不想用"牺牲小我，完成大我"这样的口号。但我要说，如果一个人不能超越自己，用自己的脚来站立；不能创造自己，表现出自己的特色；就不可能肯定自己，是天地间不可少的一个人！

而只顾自己的人，不可能成为"天地间不可少的人"！

《肯定自己·（自序）》

我不认为自己成功，但我始终追求一个比昨天成功的自己。我也不认为自己有过人的才智，但我不信努力的成果会不如人。我永远奉为座右铭的话是：

"每个人都应当从小就看重自己！

在别人肯定你之前，你先要肯定自己！"

《肯定自己·（前言）》

教育是实际的，道德的准绳也要实际，我们可以悬的极高，但总得由低处引一条路，走向那高处的目标。

否则教育就与生活脱了节。

假使有一天，你面临牺牲与否的重大抉择，希望你能好好想想：

你牺牲的对象值不值？！

你牺牲之后可不可能悔？！

你牺牲完，还能不能再牺牲？！

抑或已经一无代价地彻底牺牲了？！

“老弟啊！只有你亲身经历，才会相信。那时候，什么物资都缺，助理也没有，一大排伤兵等着动手术，抬上来，开刀，才开着，就死了。没人把尸首抬走，就往前一推，推下床去，换下一个伤兵上来。”

我把眼睛瞪大了。

“是啊！”老先生很平静：“死人可以等，活人等不及啊！有时候手术台前面，堆了一堆尸体。救了不少，也死了不少。你能伤心吗？你有时间去哭去笑吗？所以，只有不哭不笑的能撑得下去，只有不哭不笑的医生，能救更多人。”

我觉得这世上最感人的，不见得是最美善的事，却是最真的。因为所有的美与善，都得建筑在“真”上。只有“真”才能落实生活，只有真才能反映人性与人生。

我们都是人，无论来自世界的哪个地方、属于哪个族群，在比较我们彼此差异之前，先应该肯定我们都是“人”。是人就有人的情、人的爱，以及人的卑劣与崇高。也只有当社会发展到极度民主，人们才能坦然承认自己跟别人一样，有这许多卑劣与崇高的表现。才不致在某些教条之下，扮作神圣不可侵犯，或为一些领导人制造“圣者”的假象。

《对错都是为了爱·（人生何必都计较）》

什么叫作朋友？

对你百依百顺、不指摘你的错误，也不表现他自己个性的，才是朋友吗？

抑或他有他的品味、见解，能丰富你的视野，能提出与你不同看法的，更能做个“益友”？

每次当你看不惯朋友的时候，都请退一步，静下来想想：如果他真不再那样，还像不像原来的他。

如果他不像原来的他，是不是也就不可爱了！

《攀上心中的巅峰·（雨过天青的时候）》

人们说眼睛是“灵魂之窗”，真是太有道理了。那个在头发的“茅草屋顶”下，还架着两条“遮雨棚”的小洞，各挂了两片窗帘，镶了块透明玻璃。且在窗后，黑漆漆的屋子里，躲着一个脆弱的灵魂。

灵魂绝对是脆弱的，幸亏有这两扇小窗，也幸亏屋子里不点灯，所以能偷偷往外窥。

第五章

爱在当下

C H A P T E R 5

/ 长河落日圆 / 刘墉作 / 89x92cm / 1988 年 /

01 孩子，我们永远都会管你

你无法怨我们是你的父母。

如同我们绝不怨生下你一般。

得到你，我们只有感恩。记得你幼儿时，我们常说幼儿时最可爱，百分之百属于父母，上学之后就不同了。

但是到你上小学，我们又说中学以前都还天真无邪！

等你上了中学，我们又讲儿子大了，可以当朋友聊天，真有意思！将来离家上大学，就要失去他了！

不过我相信，直到你未来成家，我们还是会说："虽然难得回来一次，想到他，心都甜！"

这就是爱，就是执着，也就是无怨无悔！

只是，我不知道，随着你的成长，是否也觉得每个阶段父母都有不同的可爱之处呢？还是说愈来愈厌烦，真想把欠父母的还清，再也不受管束？

你放心好了！无论你多大、多伟大、多成功、多失败，我们都会管你，如同我们爱你一般。

《肯定自己·（雪地上的脚印）》

02 珍视与你的每一个日子

对的，后天的感动！当你在人世浮沉，爱过、恨过、奉献过、负情过、承受过，就如同吃了太多、饮得太过的人，再经一番风浪颠簸，心头有着难抑的翻搅，是不吐不快的。

尤其当中年以后，感觉身体逐渐衰老，死亡的阴影远远出现，自己的亲长又一一消逝的时候，因为对死亡的认知，愈肯定了生的价值。

抱着怀里的小生命，你知道当他生龙活虎，自己已经衰老；自己看不到的未来、登不上的星球，那小生命都可能代表你去看、去经历。

你也可能告诉自己，千万要保养着，不可早逝，免得这个小生命失去依靠；或是喃喃地对孩子说，当有一天父母的行动迟缓，便要倚仗你有力的手了！

当然，你也可能知道，愈晚得来的孩子，与他在一起的时日便愈短。但是，你不会怨恨他回馈你的时间不多，反而更珍视你们的每一个日子。

《爱就注定了一生的漂泊·（陶然自醉）》

03 孝顺不是黏着家

过去我有中国父母的老观念，希望孩子读邻近的大学，甚至将来结了婚，都住在一块儿。但我现在改了！希望孩子上远处的大学，以后也别住在一起。

因为孝顺父母，不是黏着家。黏的孩子如同藤蔓，自己站不直，被缠的树也少了自由。最大的问题，是父母多半会早走一步，如果天天生活在一起，家里的每个角落，都有父母的影子，在未来会对孩子造成更大的打击。

子女爱父母，应该帮助父母完成心愿，免得双方都遗憾。

父母爱子女，应该帮助子女克服死别的痛苦，在父母死后，坚强地走完前面的路。

《肯定自己·（人是为活而生）》

04 爸爸亦父亦师，也是对手

在孩子眼里，父亲是爸爸、是老师，也是对手。

随着孩子的成长，他离开父亲的怀抱，学习父亲的样子，渐渐地，他长大了、强壮了，有了他自己的想法、自己的样子。他开始怀疑父亲、否定父亲。像是长大的小狮子，由小时候总跟公狮子的打打闹闹，假咬假抓，突然有一天，激发它微妙的一种感觉，一种属于它的“雄心”，它的前肢高举、利爪伸出、嘴角上挑，露出森森的白牙。

他走了，找到自己的地盘，在那里撒尿做记号，告诉整个狮群，那里是他的家。在他的家里，有他的主张，就算他的父亲，也不能违抗。

……

父亲一方面是对孩子的爱，一方面是对孩子的要求，他要孩子做他的影子，完成他没能完成的事；他也要孩子做他的朋友，对他作出相等的回馈。

孩子不是由他经过阵痛生出来，他认孩子的母亲，然后认孩子；他也可能因为不认孩子的母亲，而不再爱那个孩子。

父亲就是雄狮，在自己的地盘上行使统治权，不许人挑战、不许人侵犯，这当中包括了他的儿子。

《爱何必百分百·（及时死去的父亲）》

05 那些拉住我们的手

我常看着自己的手，想手的一生——

呱呱坠地，没见到妈妈的脸，先接触产婆的手，那双手把我们接到这个世界。然后我们就伸着小手要抱抱、要亲亲、要吸吸。吸着妈妈的奶，还伸出一只手，摸着另一个奶。

我们被双手抱着摇，被一手牵着走，走着走着走去了另一个人的身边，抱着他、被他抱，抱出娃娃，又抱娃娃。

再过十几年，我们可能站在机场，向我们的娃娃不断挥手，直到远远那只手不见了，才转身，用手擦眼泪。

而后，我们老了，不再挥得动，甚至颤抖得端不稳一杯水。我们被送进医院，四周好多医生和护士的手。

我们的手上挂着名牌，插着管子，皱皱的，带着少年时打斗留下的疤、青年时负心留下的债、中年时炒菜烙下的伤……

我们瞳孔散大，看不见也听不清了。只觉得有许多双手，握着自己的手。他们紧紧地握着、摇着、喊着、哭着。

最后——

他们没放手，是我们撒了手。

《在灵魂居住的地方·（那些拉住我们的手）》

06 女儿是父亲前世的情人

或许女儿真是父亲前世的情人吧！
所以，父亲会把女儿的男朋友看成敌人；
所以，父亲会在牵女儿走过红地毯时哭成个泪人。
当然，他也可以不哭，只是偷偷地哭；
他可以不恨，只是偷偷地恨，
恨女儿上了别人的白马。

会不会，父亲的不舍，
只是因为女儿有他妻子
年轻时的影子，
使他觉得又寻回了青春？
会不会，当有一天，
女儿的父亲死了，丈夫老了，
女儿在自己丈夫的身上，又见到老父的影子？
她也不当着丈夫的面哀伤，只是偷偷地哀伤、幽幽地怀念
……

《一生能有多少爱·（引言）》

07 寻找一个有苦难的天堂

生命真奇妙——似乎就在重复着“躺、坐、蹲、跪、站”的动作。

孩子出生的时候，我常躺在床上逗她。

然后，她会爬了，我总坐在走廊的另一头，叫她爬到身边。

当她开始走路，我又改坐为蹲，蹲着搂她，再把她抱起来，举到空中，发出一连串咯咯的笑声。

她上幼稚园时，妻还在工作，每天很早出门，由我伺候小鬼起床，我总是跪着，为她穿衣服、扣扣子、亲一亲，再送去吃早饭。

现在，我则弯着腰，忍着背痛，陪她跳舞。想，跳着跳着，她长高、长大、谈了恋爱，等她能让我站着带她跳的时候，她也就跳进了别人的怀抱。

之后，她有了她的家、她的孩子，只怕难得回来。

回来时，或许我躺着，她站着，站在我的病床边。

最后，我走了，永远离开她。

或许：

她会如我现在，每天晚上睡前亲她一样，弯下腰，亲亲我，说那句我对她说过千百次的话：“好好睡吧！”

她会跪在我的床前哭。

她会蹲在我的墓前，为我的花瓶插上鲜花。

她会坐在我的坟前，想我们过往的岁月。

她会躺着，睡着、梦着，梦到我带她跳过的这曲华尔滋。

《寻找一个有苦难的天堂·（弯腰跳的华尔滋）》

08 唯一我能纪念父亲的东西

但我宁愿回到十二三岁，坐在大铝盆里洗澡的时候。那时家里失火，全烧光了，勉强在废墟边盖个小草房。每天晚上，天黑了，没人看得见，我就把那圆形的铝盆端到废墟之间，倒上水，洗澡。

四邻的灯火黄黄的，传来水声，是他们在灯下洗澡。而我，既无灯火，也有灯火，上面深蓝的夜空和星星，一起看我洗澡。

空气好极了，曼陀罗香、茉莉花香，夹着焦黑的一根根柱子，散发出怪怪的味道，竟有一种置身古老庙宇的感觉。

不远处，就在那焦黑的柱子间，有上黑黑圆圆的筒子，依然矗立着，那是父亲生前，烧洗澡水锅炉的烟囱。

日据时代的东西，倒还真结实，几次收破烂的人，问我卖不卖那铁烟囱时，我都摇了头。

那是废墟上留下来，唯一的，我能纪念父亲的东西。

我也曾爬上瓦砾堆，从一根根朽柱和灰土间，窥视下面的白瓷浴缸，仿佛听见父亲说：

“水刚放好，趁热，你先下去洗吧！”

《抓住属于你的那颗小星星·（父亲的浴缸）》

/ 童年暮霭 /
/ 刘墉作 /
/ 93x173cm /
/ 2011 年 /

09 你有没有为孩子读过故事书

当女儿小时候，我自创一种游戏——

那时候，她才两三岁，我总是先坐在椅子上，再把她抱起来，放在我的大腿上，一边抱一边说："骑大马喽！"

然后，我就上上下下地抖动大腿，让她像在骑马跑，一边说："我们跑进森林了！""我们爬上山了！"再大喊："不好了！大野狼追来了！快快快！快逃！"接着快速抖动双腿。小丫头也就紧张得瞪大眼睛。直到跳过一条河，跑回家，慢下来，她才松口气，大呼过瘾。

我发现这种又说又演的游戏方式，不但不比看电视的效果差，而且好得多。因为看电视的时候，是狼、是马、是什么景色，一下子全看到了，反而当孩子听你说故事，或读故事的时候，更能发挥他们的想象力。

《爱何必百分百·（你有没有为孩子读过故事书）》

10 点一盏灯

今夜我点亮了门灯，希望当你在漆黑的夜色，和寒冷的北风中归来时，能远远看见家门前一盏灯。

我相信，当有一天你独自生活，踏过今夜这样的路，走到自己漆黑的阶前时，必然会怀念我的这一盏灯。

而后你结婚，寒夜归来，看见门灯正亮，便在心里高兴地说：看！我的妻为我点了灯，她在等我呢！

而后，你有了孩子，大到可以深夜未归，你更会为他点上门前的灯！

《创造自己·（点一盏灯）》

11 睡醒，就会看到妈妈了

小时候，我们一个人睡，一瞑大一寸，睡向独立的成人。

青年时，我们有了激情，两个人睡，睡向结合，睡向生命的传递。

中年之后，情欲逐渐淡了，各自心灵的世界变得宽敞。虽说“少年夫妻，老来伴”，那伴是只要觉得“你在”，就满足了，本不必日夜腻在一块儿。

至于生命的最后一刻，谁不像初生时，一个人睡呢？

有几人死的时候，另一半能睡在身边？

有几张病床，会是双人用的？

又有几口棺材，不是一人躺？

只是，小时候，我们一困，就会想妈妈，妈妈要是没回来，大人常会安慰地对我们说：“好好睡，睡醒睁开眼，就会看到妈妈了！”

当有一天，我们将死，是不是在这长眠之前，也会想妈妈呢？只是妈妈多半已经不在人世。

这时候，会不会有人对我们说：

“好好睡！睡醒，在另外一个世界睁开眼，就会看到妈妈了！”

《做个飞翔的美梦·（当你睡醒的时候）》

12 仰望慈颜

母亲慌了，花钱请人在院子里紧急盖了一间小草棚。草棚是用竹子和芦叶搭成的。四周先钉上木板作墙，再把事先编好的草顶放上去。住进去的第一天晚上，母亲在房子旁边，用小炭火炉作了红烧肉，在记忆里是我生命中最好吃的一餐饭。

当天晚上，下起倾盆大雨，屋子里到处漏水，我们找了各种破盆烂罐去接，又把床移来移去。还是应付不了，而且愈漏愈厉害。

我实在困了，因为第二天还得上学，母亲叫我先睡，用两件雨衣盖在我身上。雨水滴滴答答地落在雨衣上，渐渐积在凹陷的地方。至今我都能记得，每隔一阵，母亲就掀起雨衣，让雨水流下床的哗啦哗啦的声音。

……

母亲虽老，还是我强壮的母亲。两年前，当我急性肠胃炎，被救护担架抬走的时候，她居然站在门口，对我说：“好好养病，你放心吧！家里有娘在。”

从担架上仰望母亲的脸，有一种好亲爱、好熟悉的感觉。突然发觉我已经太久太久不曾仰望慈颜。

她虽然九十一了，但是她那坚毅的眼神、沉着的语气，使我在担架上立刻安了心。她让我想起过去几十年的艰苦岁月，都是由她领着，走过来的。

半个世纪了。这个不过一百五十公分高的妇人，漂到台湾，死了丈夫、烧了房子、被赶着搬家、再搬家，然后接过孙子，又迈着一双小脚，跟着我，到地球的另一边。除了我刚出国的那两年，她从来不曾与我分开很久。我整天在家，她整天在我的身边。过去，我是她的孩子；现在她像我的孩子。每次出门，她逞强，不要我扶，我就紧紧跟着她，看个胖胖矮矮、走路一颠一颠的大娃娃走在前面。

《母亲的伤痕·（母亲的伤痕）》

13 老人也希望被抱抱

老人就是这个样子。

你希望爸爸妈妈抱抱，因为拥抱使你有安全感。

老人也希望被抱抱，因为他们老了、弱了，也需要安全感。

你会撒娇，他们也会撒娇，目的是吸引人注意。

当他们知道年轻人注意他们、照顾他们的时候，也会特别高兴。

或许有一天，你会跟你美国同学一样，说该把奶奶公公和婆婆送进老人院，由政府照顾，免得一家人的幸福都被拖累。

但是你也可以这么想——当别人留不住老人的时候，我们能留住他们，照顾他们，真是我们的光荣。表现我们有"爱心"，也有"能力"照顾他们。

如果不是一家团结、和乐，又有爱心，怎么能照顾得了风烛残年的老人呢?

《做个快乐读书人·(今夜会不会是最后一眼)》

童年的早晨
刘墉作
92x172cm
2011 年

良言良语 · 亲情

有形的家算什么？这家再好，也不如“那人”来得好。如果我的另一半，因为工作、因为健康，不得不搬去远方，我当然也会毫不考虑地跟去。

于是，我的心豁然开朗了——

原来这世上真正的家，是你爱人所在的地方。

守一个人，就是守一个家！

父亲的怀抱也是可爱的游乐场，尤其是寒冷的冬天，他常把我藏在皮袄宽大的两襟之间，我记得很清楚，那里面有着银白色的长毛，很软，也很暖，尤其是他抱着我来回走动的时候，使我有一种居高临下的优越感。我一生中真正有“独子”的感觉，就是在那个时候。

婴儿入睡前，为什么总爱哭呢？

她哭着、喊着，甚至又踢又打，难道在那睡梦中会有恶魔出现吗？

抑或她怕跌回浑浑渺渺的忘川，又被注生娘娘带走了呢？

她必是有着以前的梦魇吧？！所以不愿入睡，在疲困的边缘挣扎着，直到撑不下去。

然后，她就笑了！

再不然，先咧咧嘴，作个哭的表情，又嘴角一扬，笑了出来。

于是我猜，必是在忘川的边缘，知道自己已经安抵“生之港”，不会再被遣送出境，而破啼为笑吧？

每一次，看宝宝入睡，我都这么幽幽地想……

《爱就注定了一生的漂泊·［生之港］》

而且，如果你细细观察，会发现那仿佛脱离你的孩子，实际也在偷偷注意你有没有随时准备帮助他。他是既希望你不去理他，又希望你偷偷关心他。所以你既要表现不关心，又得表现关心。你关心得过火，会让他不耐；你漠不关心，也会令他不安，甚至造成他用自我伤害的方法，来试探你的关心。

《在生命中追寻的爱·［脱离父母的引力圈］》

其实，每个人心中，都有这“人生的大爱”，爱人群、爱大地、爱宇宙、爱每一个小小的生灵。只是，当衣食不足，幼子还嗷嗷待哺的时候，又怎么去打开那扇爱的门呢？可惜的是，有些人即使后来能衣食无忧，那扇门却打不开了。

我们要有母爱的牺牲和父爱的责任。也要有母爱的“情”与父爱的“法”。我们更要知道，在人生中有许多情，如同对待母亲的爱，需要小心地维护。也有许多情，如同对待父亲的爱，需要小心地培养和赢得。

孩子的生命固然是父母给的，但他从出生的那一刻，就是他，就是独立的个体，就承担了上天的使命，就要走向他的未来。父母不能把孩子看成私有财产。

你愈把他往父母怀里拉，他愈黏着父母、愈长不大、愈没主见、愈不能独立，拖着孩子走半辈子的父母，可能继续被孩子拖累一辈子！

领养的比亲生的缘分还深。亲生的孩子，是在自己子宫里找到的。领养的孩子，是在这个世界上找到的。子宫多小？世界多大！子宫里的孩子，当然是太太跟丈夫生的；世界上的孩子，却是亿万不认识的人生的。凭什么，我们在那亿万人里，就找到了他？

《生生世世未了缘·（养的恩情大过天）》

过去我盼望她做个女强人，要比男人都能干。不知为什么，我近来改了。常想起那个钩桌巾女生的话。想我的小女儿，有个大房子，坐在窗前，慢慢地、一针一针地钩。让阳光洒进来，风吹进来……

我祈祷她能做个永远快乐的小妇人，让我呵护着，轻轻松松、快快乐乐地长大。然后，找到那个属于她的“他”，被他疼爱一生。

《生生世世未了缘·（被他疼爱一生）》

我常从办公室的窗口，看马路上匆匆来往的男人。下班时，许多人像是用头拉着身体向前走。我就想，他们的头又是被谁拉着走呢？

是家？是孩子？

每次在电视新闻里，看见战场上满地的尸体，绝大多数是男人的。我都想，他们当中，有多少，会是孩子的父亲？他们的孩子，有多少，会真正想到，父亲是为家而杀人，也为家而被杀？

《生生世世未了缘·（没了手的爸爸）》

母亲老了!

我常得听她进浴室的时间是不是太长，也在每晚就寝之前，先推开她的房门瞧瞧。

看她一个人睡着，昏昏的夜灯，映着墙上父亲年轻时的照片，我有着一种莫名的感伤。突然觉得这老人家，跨过八十七年的岁月，此刻，却缩在床上，如同我五岁的小女儿，需要关爱和保护。

“去买一张轻便折叠的轮椅。”我对妻说:“明年春天，带着她一块儿，去狄斯耐乐园。”

《生生世世未了缘·〈当老人变成孩子〉》

如果你是男人，你要想想:一个女人，跟了你，腆了肚子、弯了腰、驼了背、皱了脸、碎了梦，她一生快过完了，她还有什么?

孩子笑着出嫁的时候，她哭;你笑着招待朋友的时候，她累;你老了，先走一步的时候，她送终。

剩下没多少日子了，你该不该做点什么?你成天在外忙，值不值?

《你不可不知的人性·〈老周的新老婆〉》

“子欲养而亲不待”并不可悲，真正可悲的是“亲不待时，子才欲养”。

孝，不是明天的事，是今天的事、现在的事！

《冲破人生的冰河·（怕看不到了）》

人都追求感觉、追求新鲜、追求变化、追求品质。

婚姻也一样，当你不再能用“性”去爱，就该用“情”去爱、用思想去爱。

人可以老化，但不能腐化；婚姻可以老化，也不能腐化。当你的婚姻有一天亮起红灯，你永远要想想，是他变了质，还是你变了质？

抑或你们两个都没有爱的能力，你们只懂“性”，不懂“爱”？

《你不可不知的人性·（无耻老豆的“恩情”）》

爱是一种责任，你要付出爱，你就要负责。问题是，你现在有能力负责了吗？你有收入吗？你能独立吗？你会不会连早上起床，都还要父母催？如果你对自己都不能负责，你怎么去谈恋爱？如果你的男朋友、女朋友对他答应爸爸、妈妈的事，都不能负责到底，你又怎么能把心交给他？

《一生能有多少爱·（序）》

怪不得有人说，愈是对下一代有爱的生物，愈能在这个世界生存。经过亿万年的陨石风暴、冰河冻原，能绵延到今天的生物，都有着最能牺牲的上一代。

《生生世世未了缘·（为了牺牲为了爱）》

别看我太太穿那么漂亮、戴那么多首饰，我的穿戴可更值钱，你们猜，是什么？是我太太啊！有时候，我进高级餐馆，人家看我这样子，不来招呼我。可是等我太太一露面，就都对我鞠躬了。太太体面，是先生的荣耀，不是吗？

《一生能有多少爱·（爱不爱，只有自己知道）》

手足固然可能从父母那里，分享了原属于自己的时间与物质，但是他们也彼此给予了关爱与帮助。他们是父母逝去时，站在送葬行列中，与你同样伤恸的人；他们也是当你父母都离去之后，能够让你回忆起幼时家庭生活的人；他们可能是你遇到挫折，甚至夫妻失和时的避风港。因为他们与你有相同的生活经验，无可改变的血缘关系，自然也有着共同意识。

《创造自己·（手足之情）》

古人曾感怀地说“子欲养而亲不待，树欲静而风不止”。其实若不是父母早逝，孩子怎可能没有侍养双亲的机会？对父母的侍养，何必非等自己成年立业之后？幼年时代的孝顺，何尝不是侍养？

可惜这世上的子女，往往只有自己当上父母，辛苦地付出之后，才感觉做父母的不易，想回头报答，却因为自己的子女更需要照顾，而行无余力。等到孩子长大，自己有了力量，父母却已年迈逝去了。

如此说来，孝养双亲最好的机会，不是反而在少年时吗？

《创造自己·（无怨无悔的爱）》

每次看见初生的婴儿，眼睛还没张开，就知道不断张着嘴巴向四周探索妈妈的奶头。我都想，当第一口乳汁，被娃娃吸吮，流进口腔、流经食道，进入娃娃的身体，那新身体里面，会有怎样的欢欣，迎接这第一次的灌溉？

我也想，当作母亲的抱着新生的娃娃，感觉那有力的小嘴，从自己身体里吸出乳汁，那泉涌的是乳汁，还是欢欣？又或是“流体的母爱”？那给予、奉献、哺育，对母亲来说是何等的美好与骄傲！

《爱的密码·（通往天堂的另一扇门）》

年老是一条不归路！

每个人都会走上去，一去不回头。

如果你想想有一天自己也会老，老得不太能动，天天躲在自己的小屋里，没人理；出去找儿孙，儿孙又嫌烦，你会不会伤心？

你有没有想过，那老人也曾年轻，抱你、抚你、育你，牵你上学、为你背书包，或是彻夜守在你的病床前。

他老了，你大了；他慢了，你快了。他没想离开你，你却愈来愈离开他；他想拉住你，你却给他白眼。

只是，当有一天，你真再也叫不醒他。袭上你心头的，会不会是往日的甜蜜、他对你的好，以及你的愧疚与遗憾？

父亲过世四十年了，我曾经因为早状腺功能亢进，而心脏出问题；也曾经因为知交的负心，而碎了心。

我也知道心虽然是中心，却不长在身体的正中央。它天生是“偏心”，长在胸腔的左侧，所以与谁相抱，都不可能心心相印。

但我常想起父亲的话——

人有心，天地有心。

要画个漂亮的圆，先定下一个心。

如果你发现孩子交了异性朋友之后，变得更积极、更快乐、对父母更有礼貌，表示他交对了人；相反地，如果他变得消沉沮丧，而且非常情绪化，处处反叛，表示他交错了。

《攀上心中的巅峰·
（你有交异性朋友的资格吗）》

每个人有每个人的世界，今天谁死了，明天的太阳还是会从东边出来。如果我们真爱自己的所爱，难道会愿意把自己的心情加在他们的身上吗？

孩子大了，有了他们的秘密、他们的世界；父母老了，有了他们的艰苦和苦中之乐。我们离家时，另外一半有他所承受的重担，和纾解压力的方式。

我想，如果有一天，我将离开这个世界。我宁愿听见病房外，孩子们商议如何去度假，也不希望见到他们忧戚的面容，和呼天抢地的画面，使我“走得”难上加难。

《对错都是为了爱·
（我便不再失落）》

由“己所不欲，勿施于人”，到“己所欲，施于人”！就是礼貌的真正精神！

《创造自己·
（基本礼貌）》

手足不但是父母生命的延伸、童年记忆的延伸，甚至是故乡的延伸！

《创造自己·
（手足之情）》

亲情不容易被遗忘，只是容易被忽略。

忽略等于遗忘！

《冲破人生的冰河·
（哭电视）》

“找个王子，王子穷，没关系！老丈人送匹白马给他，就成了白马王子！”

我想，如果有一天女儿要结婚。

只要那男孩子有抱负、有能力，而且深深爱我女儿。即使他穷，我也会同意。

我会邀集的所有的亲朋好友参加婚礼，而且牵一匹最骏的白马去。然后，在泪眼中看那男孩把我女儿抱上马背，让她搂着他的腰，奔向他们的世界。

我会告诉自己和老伴：

看！我们的女儿，找到了一个白马王子。

《[illegible]·
（找一个没有马的王子）》

年轻人！你渐渐会发现，当你一人独行的时候，会变得更聪明；当你离开父母的时候，才知道父母多么成为你的倚靠、你的盼望。

《超越自己·上课第一天》

孩子！爱是要负责的，爱不是只让“对方”逗你开心，你要理就理，不理就不理的。

爱需要耐心，需要恒心，需要谅解，需要宽恕。

如果你照顾几天之后就不管了，如果你的宠物弄脏了屋子，或是咬你一口，你就生气，不要它了。你都算不得是一个有资格养宠物的人。

《小姐小姐别生气·你懂不懂得爱》

“你可以清楚地听见家里其他人的鼾声和桌上滴答滴答的钟响。你觉得孤独了！进一步发觉，恐怕在未来的人生中，父母不可能是永远的倚靠。”

《创造自己·踏上征途》

第六章

缘起缘灭

C H A P T E R 6

/ 春江花月夜 / 刘墉作 / 172x93cm / 2010 年

01 天地之间，就是我的禅院

老和尚圆寂了，小和尚成为住持。

他总是穿得整整齐齐，拿着医疗箱，到最脏乱贫困的地区，为那里的病人洗脓、换药，然后脏兮兮地回山门。

他也总是亲自去化缘，但是左手化来的钱，右手就济助了可怜人。他很少待在禅院，禅院也不曾扩建，但是他的信众愈来愈多，大家跟着他上山、下海，到最偏远的山村和渔港。

“师父在世的时候，教导我什么叫完美，完美就是求这世界完美；师父也告诉我什么是洁癖，洁癖就是帮助每个不洁的人，使他洁净。师父还开示我，什么是化缘，化缘就是使人们的手能牵手，彼此帮助，使众生结善缘。”小和尚说，“至于什么是禅院，禅院不见得要在山林，而应该在人间。南北西东，皆是我弘法的所在；天地之间，就是我的禅院。”

《捕梦网·（天地禅院）》

02 一生一起轮回的旅伴

突然觉得自己好像“中阴身”，离开前一世的身体，漂游在一个既非前世也非来生的地方。没了前世的情，也不知来生的爱。只是在等，等那个应该到下一生一起轮回的“旅伴”。

“中阴身”就是孤魂，在码头等船，船来，却不能上的“等待的魂”。

问题是，我们等的会是旧识，抑或陌生人呢?

远远地，那人走来了，我们相遇、相识，然后一起饮“忘川之水”，一起登船，渡向来生。

在来生，又偶然相遇、相爱、相离。

此刻我要去旅馆的大厅，大厅的侧门对着我来时的码头。我知道，会有一条船从左划过来，走下船的，是我这一段旅程等待的那个她。

《抓住属于你的那颗小星星·(威尼斯十帖)》

/ 阳关落日 /
/ 刘墉作 /
/ 96x177cm /
/ 2014 年 /

03 爱是豁达

年轻人，对爱豁达，可悲！

老年人，对爱豁达，可喜！

就因为起先有不豁达，所以有情痴、有争执、有执着、有椎心刺骨的痛、有咬牙切齿的恨、便纵有千种风情更与何人说？

就因为后来能豁达，所以有泰然、有放心、有搁下、有众里寻他千百度的蓦然回首、有历经恒沙之劫后的圆满与宽容。

《不要累死你的爱·（爱是豁达）》

04 幸福总在当下

遭遇“9·11”恐怖攻击之后，美国人的生活整个改变了。

也许应该说，生活没改变多少，改变的是心情，最起码在纽约可以见到这种心情。

那心情是无形的，深深藏在人们的心底。以前在曼哈顿的街头，见到的总是无忧无虑的纽约客。但是现在不同了，表面看，他们依然坐在路边喝咖啡，躺在公园里日光浴，但是稍微一些震动，即使是车子爆胎或紧急刹车，都可能引起惊悸的目光。

人们可能不说，但是在许多人的心底，都猜，会不会这里的人群里正有自杀炸弹？会不会这里的地铁随时可能冒出沙林毒气？会不会天上飞过的那架飞机，正要撞向自己的家。

安逸的美国人，失去了过去拥有的安全感。

只是想想，这世界上何曾有过没恐惧的日子？病痛是恐惧、战争是恐惧、父母可能遽逝是恐惧、房子可能失火是恐惧，连幸福多了些，都唯恐失去。

只要我们不能预知明天，不能预知下一刻，就可能恐惧。谁知道下一秒钟会不会发生八级地震，震碎一切。

于是知道：只有把握现在，看得到、摸得着的最安心。只有把握自己，小心开车、小心过马路、小心保养身体、小心做个好人，有一天发生了不幸，才能没有悔恨、没有亏欠。

幸福总在当下——

窗外有蓝天，多美的日子！窗外有阴天，多美的日子！窗外有雨天，多美的日子！

能看到家、看到孩子、看到妻子、看到亲人、看到朋友，那是多美的日子！

《学会爱·（窗外有蓝天）》

周邦彦词意 / 刘墉作 96x54cm / 2014 年

05 去续一段未了的尘缘

虽说人能忘情，虽然许多人在追求“了却尘缘”的境界，但这世间，有几人，能平平安安，一无牵挂地离开？

像是远行的人，他们回头、回头，又回头。如果车能等、飞机也能等，你再给他十天八天，他仍然有做不完的事，他仍然舍不下那个家。

只是，我们生生世世都有家，都舍不下。如果世间有轮回，我们又都能轮回到人间，不就像那有四个老婆、四个家的美国男人。总是走出今生的这个家，进入来生的那个家吗？

如果有一天，我们离开躯体，神游太虚，过去的生生世世，都浮现眼前。有我们死时，仍嗷嗷待哺的孩子、仍在建造的房子、正热恋的情人，以及许许多多只有我们自己才能拯救的爱妻、爱夫与爱子。

如果上帝说：“选一个吧！让时光倒流，让你回到那一世，去续一段未了的尘缘！”

我们该选哪一世？

《生生世世未了缘·（前言）》

06 不忍回头见君面

我们常说“不再回头”，那可能是不再回到“伤心地”，可能是不再面对“江东父老”，可能是“好汉不提当年勇”，也可能是“近乡情怯”。

我们可能在嘴里说：“我不想那个地方！”“我不想那个人！”“在我心里，他早已经死了。”

但是，他或她，真在我们心中死了吗？

抑或，他总在我们的梦中浮现？让我们笑醒、哭醒、骂醒？

抑或只因为他是我们的最爱，离开他，他还是他，我们却不再是我们了。

“不忍回头见君面！”

不回头！不回头！不是不想回头啊！只是一回头，我们就再也往前踏不出半步了……

《爱又何必矜持·（不忍回头见君面）》

07 一生能有几个家

小时候回家，是回爸爸妈妈的家。

渐渐，我们大了，出去念了书、做了事，有了自己的宿舍。我们每天回一个家，逢年过节回另一个家。

两个家都是家。

再过些年，我们有了恋人，有时候不住在自己的家里，睡进了恋人的家。

下班，我们糊涂了，不知该回自己的宿舍，还是去恋人那儿？宿舍里什么东西都是自己的，却好孤独，不像家。

想想远处的父母，那里不孤独，应该像家。却又不如恋人的那扇小门，那么吸引我们。

然后，两个人把东西凑在一块儿，创造了共有的天地，创造了共有的娃娃，世上再也没有什么地方能比得上这个家。

我们可以作“七海游侠”，可以登了圣母峰、可以下到吐鲁番盆地、可以进入亚马逊雨林、可以横过撒哈拉沙漠，但是，在多么酒酣耳热、声色犬马之际，我们总明白自己有个“真正的家”。

只是，家中的孩子，迟早会有他们自己的家。不再把儿时的家当作“真正的家”，如同我们年轻时一样。

家里的另一半，也可能先离开家。

剩下那个单身的老人，踽踽独行，心中说：

“我要回家！”

家在哪里？是那个满藏记忆，却冷冷清清的房子？还是尚在人间的“手足的家”？“子女的家”？

《一生能有多少爱·（一生能有几个家）》

/ 龙山寺庆元宵 /

/ 刘墉作 /

/ 143x235cm /

/ 2012 年 /

08 以中华文化为荣

我发现许许多多受高深教育的华侨，都会要求他的子弟学中文、说国语，因为他的眼光远、眼界宽。他知道一个人先要不忘本，才能有文化的自尊、有独立的人格；也才能在一个有种族歧视的社会，不卑不亢地奋斗。

想想，当做父母的人，每天要求子弟学中文，自己却表现一副崇洋心态，梦想变成蓝眼睛的时候，他的孩子可能真用功吗？

想想，当你自觉中华文化不如人的时候，你在异国能挺起胸吗？只怕表面挺起了，骨子里也是软的。

想想，为什么在马来西亚、韩国，甚至华文受压制的印尼，中华文化都推展得比日本、欧美好？是不是因为前几个地方的华侨，打心底认为“中华文化更博大精深”？

各位年轻朋友！未来无论你在中国或海外，也无论你是用哪一种语文跟人沟通。如果你希望自己能站得稳、立得直，不致从一开头便在气势上输人，就应该从小培养自己的文化自尊，且从心底里告诉自己：

“我以中华文化为荣！”

《攀上心中的巅峰·（以中华文化为荣）》

09 活出全新的自己

人的一生，是不是只有一生，还是能够分成几段？告别这一段，换个环境、换群朋友，也换个“全新的自己”，走向下一段的人生。

许多人做到了，譬如“昨日死、今日生”。有了对自己的“全新肯定”。

有些人失败了，像戒不了，又重犯毒瘾的人，再掉进以前的渊薮。也可能从天涯海角“认”出来，被拉回他的前半生，为那前半生的罪作出赔偿。

我常想：有一天会不会发明一种机器，你只要作了决定，走过那机器，就如同饮过“忘川之水”，与以前不再有任何关系。

你有了全新的名字、全新的面貌、全新的未来，即使是你的仇家，知道你已经走过那架机器，也只当你不再存在。

这样，该多好！

只是，这跟死又有什么分别？

会不会我们的“今生”，正是从“前世”遁逃而来？

我们逃开了前世的仇家、躲掉了前世的业债、舍下了前世的亲人、告别了前世的朋友、离弃了前世的爱人。

幸亏没有穿梭时空的警察，突然站在我们的面前，说“你逃不掉了，现在要把你引渡回去，还你未完的债！”

生生世世，我们换了许多角色，结了许多缘、欠了许多债，到今生躲藏……

《一生能有多少爱·（从前世逃到今生）》

/ 月夜潜行 /

/ 刘墉作 /

/ 145x361cm /

/ 2015 年 /

10 永生就是死者不死

什么是永生？永生就是死者不死，继续以另一种方式存在。永生不是单一个体的永远不死，而是物种的生生不息，永生像草地，总绿；像多年生的花，冬天总死，来年总开。像夜里望去大楼公寓的窗子，总明明灭灭，总有灯在亮着。永生也像法国梧桐的叶子，上一片叶子掉了，就在它掉下来的那个点上，已经看到下一片叶子的叶芽，等着第二年荣发。所以永生就是不断换的牙齿，下一颗顶掉了上一颗。每一颗牙的掉落都有着摇动、有着疼痛、有着流血、有着空虚，然后，变得更美。

有哪颗新生的牙齿，会问那掉落牙齿的去向？又有哪颗掉落的牙齿，能左右新生的牙呢？所以对尸体可以像对牙齿一样，或是留起来当个纪念，或是扔了只当不存在，或是和着血吞入腹中。

《爱何必百分百·（臭皮囊的联想）》

11 抓住属于你的那颗小星星

这世上的人有多少，
那天上的星就有多少；
人海等于星海，
星海浮着人海。

无论你美、你丑，
你聪明、你驽钝，
在天上总有一颗
为你守望的小星星。

只要你守着它、念着它，
对它说：
我相信我做得到，
它就必然引导你
找到你的目标。

不要羡慕明亮的北极星，

不要目眩于耀眼的流星，
你有你的小星星，
正在星海中向你召唤，
正等着你由人海中向它召唤。

不要犹豫了，
不要怨叹了，
你从来都不孤独，
只要你——
抓住属于你的那颗小星星！

《抓住属于你的那颗小星星·（一颗小星星）》

/ 少帅禅院 /
/ 刘墉作 /
/ 92x171cm /
/ 2012 年 /

三言良语·缘分

每个人都是人。人用人的方法去“写经”、去“解经”，宗教是为人服务的。它固然说是要带你上天堂、升佛国、去净土，但更重要的，是它要帮助你在这个世界上活得更好。

宗教绝对可以改变人，但是它不能改变人性。

人性的“自私”与宗教的“大爱”挣扎，有成功，也有失败。

《你不可不知的人性·（外交官夫人的内交）》

谈到选择，其实我们一生都在选择，就像买股票。

我们一个人，一双手、两条腿，不可能走每条路、拿每样东西，当然，我们就得选择，选了这样，就不可能选那样。

《你不可不知的人性·（股市名嘴换人做）》

政界常说一句话——“上台靠机会，下台靠智慧。”

男女之间也可以说——“恋爱靠机会，婚姻靠智慧。”

茫茫人海，偏偏遇上他，当然是“机会”！但是此后几十年，就靠彼此的智慧了。

只有那些能够把“热情如火”的恋爱，化为“胼手胝足”的恩爱，再化为“相濡以沫”的怜爱的人，才有爱的大智慧。

人的“前半生”可能用“下半身”思考；人的“后半生”，可能用“上半身”思考。

上半身的思考，是用心、用脑，那是理智的，也是顿悟的，所以当他“想通了”，往往就一下子改变，再也难以挽回。

《你不可不知的人性·（老周的新老婆）》

不完美，正是一种完美。每次我修补自己买回的“破东西”，都想：可不是吗？我们都老了、都锈了，都千疮百孔了，总隔一阵就要去看医生，修补我们残破的身躯。我们又何必要求自己拥有的每样东西完美无缺呢？

残破，可以补的时候补。不堪补的时候，只当它不存在。就算那残破太显眼，看久了，看惯了，也就变成生活的一部分。

看得惯残破，是历练、是豁达、是成熟，也是一种人生的境界。

《爱何必百分百·（不完美的完美）》

我们的皮肤生了皱纹、手足生了茧子，心湖生了波纹，脑海生了浪涛。从那风风雨雨的岁月中走来，走过生命的海洋和欲望的城国，如果不把过去心灵的照片拿到今天比对，谁也难相信自己有了多大的变化。

昔日少年今白头，昔日壮怀今猥琐，昔日柔情今刚愎。我们的肚腩愈来愈大，却忘了更大的世界；我们的钱财愈聚愈多，却忘了“捐馆”的死亡就在眼前。

当有一天，我们离开这个世界，我们会因为常常在活着的时候思考过去，而觉得自己活了一生，抑或只因汲汲营营于眼前，而只觉得活了几天？

《爱何必百分百·〈借一次心灵的地图〉》

冲绳原来是中国的属地，她们或许是我们的血亲，只因为被日本占了，便不得不站在日本那一侧。

想起赵滋蕃的诗句，“误尽苍生的终究是权利之争”。谁对谁错？值与不值？是中国还是日本？都成为不重要的事。生在哪儿，便吃在哪儿，便以那里的语言说，便用那里的方式想，便被推上那里的舞台，便成为被那里斗争的可怜苍生。

《生生世世未了缘·〈龙珊的千纸鹤〉》

我们幼稚园最爱的老师在哪里?
他还在不在人世?
我们小学最好的朋友在哪里?
我们还记不记得彼此的名字?
我们初恋的情人在哪里?
为什么早已失去了感觉?
我们的家人在哪里?
我今晚能不能与他相聚?
何必问今生与来生,
仅仅在今生就有多少前世与来生?
就有多少定了的约,
等我们去履行?
多少断了的缘,
等我们去重续?
就有多少空白的心版,
等我们用明天,
去写一个缘的故事……

《生生世世未了缘·（引言）》

生命真是奇妙——

由年少轻狂时的“只要我好”，到恋爱激情时的“只要你好”，到拖家带眷的“只要他们好”。到有一天，把自己完全地遗忘。

那是多么美好的结束。

《生生世世未了缘·（美丽的结束）》

我常想，我们的脑海，会不会就像个仓库，愈早堆进去的东西，存得愈久。有一天，仓库不堪用了，我们开始往外搬东西，愈是摆在靠外面的，愈先搬走。我们也就一步一步，退回童年。

我也常想，当我们的仓库搬空了，是不是就回到最初的胎儿时期？我们由不再会认路、不再会穿衣吃饭，到不再认识亲人。我们仿佛重新回到母亲肚子里，那个小小的宇宙之中，在羊水里漂浮。

然后，我们回到了更早的“原点”，那个“阴”与“阳”，最初交会的刹那。

生命的灵光乍现，我们又重新孕育、重新生长，成为另一个人生。

生命是多么可悲啊！

为了生，不得不杀；为了选择好的，不得不抛弃坏的；为了站在高处，不得不踩在别人的肩头。

每个迎向光明的高大身躯，都可能拖着一个特别长、特别黑的阴影。

每个幸福家庭和贞节牌坊的背后，都可能有许多不堪回首的往事，和被牺牲的灵魂……

想起纽约一个朋友说过的话：

“我来美国，生了一堆美国人，而今在家里，却成了少数民族，只有我是中国人。动不动，他们就叫我回中国。”他叹口气，“可是，哪里是我的国家呢？我在大陆待了十五年，到台湾住了十五年，来美国又住了十五年，活到快五十岁，却发现没有了故乡。”

《生生世世未了缘·（所有的港都能停泊）》

我常感慨地想：我们从小到大，不断筑梦。到底是愈筑愈美，还是愈筑愈惨？幼儿时，我们会希望自己将来作总统。少年时说自己要当医生。上了高中，功课实在跟不上，又改口要做艺术家。等有一天学了画，才画几笔，就被老师涂掉，于是脑袋空空地走出来，又试着筑另一个梦。

我们认识的自己是永恒的吗？还是随着岁月的改变，我们每天都该认识自己、评估自己，甚至为自己“定位”？

《迎向开阔的人生·（请问你的价码）》

因为不能重新来过，所以每一眼都是别离；所以每一天都是遗憾，所以每个人都盼望有来生。

《爱又何必矜持·（守你一生）》

几十年不见的朋友，居然仿佛昨天才离别。许多快乐的往事，都浮上眼前，连用的词句，都是学生时代的。

而许多人已成了高官、名人。成为被大家远远张望的人物。

有谁能一巴掌拍在他们的肩上，叫一声“小张”、“小王”、“大牛”？

只有当年的老朋友。

又有谁能让我们忘掉年龄、再年轻一次？

只有当年的老朋友。

远处的冰河似乎又向下移动了，据说再过两个星期，这里就会关闭，所有的旅行团都将停止，准备接受一个漫漫长夜的冬季。

不知为什么，我想起黑龙江，想起哈尔滨。觉得这挪威狭湾边的小城，竟有些中国东北的感觉。觉得狭湾里的那些船，似乎一扬帆，就能泊在中国。

一首不知名的诗，浮上眼前：

没有家，就是以天下为家。

没有港，就是所有的港都能停泊……

有一天，迷了路，才发现一生所寻找的，不过是一个家。

脱去“肉欲”的外衣，老妻就变得美丽了。连那松弛的皱纹，都耐人阅读；肥肥的肚腩，都适于依偎。

老丑的妻子，常最忠实；肥肥的女人，常冬暖夏凉；烧了几十年的菜，常最清淡可口。

于是那傲气凌人的大男人，像玩累了的孩子，乖乖坐在厨房门口，仰望那掌勺的老女人赏口饭吃。

繁花都凋落了，蜂子都冬藏了。

在下雪之前，红叶最美丽。

《爱又何必矜持·（回到老女人的身边）》

直到将老，才发现：

老酒、老狗、老友和老妻，是最好的。

手边有老酒，脚边有老狗，前边有老友，身边有老妻，

老酒是忘忧的，老狗是温脚的，老友是助兴的，老妻是安心的……

《爱又何必矜持·（守一个人）》

我们要知命、造命、受命、惜命、救命，以积极的态度把握生命。

所以，我们不能认命！

《冲破人生的冰河·（铁口相士箴言）》

“文学是苦闷的象征”，厨川白村如此，我亦如是。

其实，哪个人没有那种淡淡的哀愁呢?

鹤唳猿啼、病酒悲秋，鹤与猿、酒与秋，都无情，有情的是人。古往今来，无论“北固亭”上的稼轩、赤壁下的东坡、“桃李园”中的太白、“松菊犹存”的陶潜、“月明星稀”的曹操或“星垂平野”的杜甫，哪个人不是“酒酣耳热，仰而赋诗，当此之时，忽然不自知乐也”？哪个人面对“江山如此多娇”，不觉得“人生如此短暂”？

朋友们都老了，也不是老，而是少了“骑马弯弓射大雕”的豪情，二战后出生的那一代，是台湾经济奇迹的创造者，都有着艰苦的童年、打拼的青年和富裕的中年。只是苦惯了，也苦贱了，有钱都不知怎么花。身体不如上一代的清风明月，游兴不如下一代的歌声舞影。都是孝子贤孙，也都没有孝子贤孙。

北极虽冷，在冰山下的水里，鱼儿照样悠游。南极虽冷，但大地的深处，仍然有火山的熔岩滚动。

我们总以为世界的温暖全来自阳光，实际脚下的大地，更有着令人惊讶的热力。

我们常以为外来的帮助最重要，实际发自内心深处的力量，才是使我们熬过冰雪，获得重生的力量。

天没暖，大地先暖，所以有许多花，能钻出冰雪绽放。

人情不暖，内心先暖，所以我们能在乱世，作一剂清流！

《冲破人生的冰河·〔引言〕》

人到老年，可以愈活愈窄，也可以愈活愈宽。

愈活愈窄的人，活进他们小小的房间、活进小小的被窝，最后，进入小小的棺材或“骨灰匣子”。

愈活愈宽的人，可以活向外面的世界。逼着自己走出家、走向社会、走向人群、走向山水，于是将来死了，睡在地下，你可以感觉那是活到了天地之间。自己身子下面睡的不是棺材，是整个地球。

《在生命中追寻的爱·〔当江河融入大海〕》

婚姻就像拼图，自己缺少的部分，配上对方多出的部分；婚姻也像舞蹈，当对方前进时，自己后退。如果每一对夫妻都能了解随着年龄增长，伴侣可能有的变化，而互相调适。则儿女离开，反而是“二度蜜月”的来临。

人到中年，经济宽松了，尤其是“中年后期”，退休的时候不远，工作压力减轻了。加上再也不用担心孩子晚回家，或参加联考。妻子更有时间照顾丈夫，丈夫也更有时间享受生活。谁能说这不是人生另一个黄金时代呢？

随不是跟随，是顺其自然，不怨怼、不躁进、不过度、不强求。

随不是随便，是把握机缘，不悲观、不刻板、不慌乱、不忘形。

如果失落的头发，像是失去的岁月，青丝落尽，生命终结。便让我们编织岁月的记忆为发，戴着它，走向来生。

我们常匆匆忙忙走到路的尽头，才发现自己忽略了一路的风景。

《冲破人生的冰河·（引言）》

被强迫、被捕捉、被劳改、被监视、被软禁，都已经成为了往事。如同挣扎过的野马，在被驯服之后，就习于新的主人与马鞍，就不再想念那“当年的原野”。

战争成为历史，历史没有错误。它只是发生，永不回头。

《爱何必百分百·（当战争结束的时候）》

让爱绵延下去，让恨从此停止，让自己的遗憾不要成为别人的遗憾，才是积极的“爱的态度”。

《冲破人生的冰河·（扫街奶奶）》

快乐，何必往远处想？快乐，何必记一辈子？快乐很难永恒，只有现在的快乐最真实。

人生是由许多苦难与欣喜交织成的。只要这一刻忘掉苦难，在痛苦与痛苦之间，有那么一点“当下的快乐”，就是多么美好的事！

《寻找一个有苦难的天堂·（最真实的快乐）》

我们丰富地过一生，

不是因为有太大的享乐，

而是由于有许多苦难。

这些苦难在我们的挣扎下，都过去了。

且从记忆中升华，

成为一种泰然。

《寻找一个有苦难的天堂·自序》

人不可能完全无私，正因为有“有私”，所以知道“无私”的崇高；正因为“无私”，才能使人人都有“有私”的快乐。

《冲破人生的冰河·再会了玛丹》

人老了，不再走得动，不再拿得出。就仿佛风烛残年，求自己的烛火不灭，已经不容易，哪里还能想去“照亮别人”。

人老了，对死亡的感觉也淡了。经历了年轻时祖父母的死、中年时父母的死、老师的死、朋友的死、手足的死，甚至晚辈的死，由最初的“恨天”，到后来的“知命”、“认命”，死已经成为不得不慷慨面对的事。加上老来的辛苦、病痛和寂寞，那死，甚至真成为了一种“解脱”。

《寻找一个有苦难的天堂·坚持地活下去》

我们常因为相同的境遇而相聚，又因为不同的境遇而分离。在这千万种不同的境遇中，唯一必然相同的，就是人生的最后一站。

《冲破人生的冰河·（你等我，我等你）》

我们像是拼图，从生下来，就开始找寻需要的那些片，拼成夫妻、拼成子女、拼成家庭，也拼成邻里。每一片单独的拼图，都是残缺的；每一个巧妙的组合，都是欢愉的。

《冲破人生的冰河·（最美的结合）》

“多么好风水的房子，都可能变成坏风水，你想想，同一栋房子，一百年不垮、两百年不垮，总有垮的一天。到垮的那天，住在里面的人非被压死不可，还能算好风水吗？”他指了指自己：“我们这个身体也一样，有人天生风水不佳，有人天生风水奇好。问题是，再好，也有垮的一天。所以啊！人死，就是搬家，换个新房、换个新家。到时候，又有一批新邻居、新朋友，多好！”

《寻找一个有苦难的天堂·（挥别臭皮囊）》

对生命的尊重，不建筑在这生命可能有的贡献，而在于他是一个生命，有资格存活在这个世界。

《寻找一个有苦难的天堂·（自序）》

“人老了，就是在偷生。”我的老母说得好——“偷偷地，在这世界的某个角落，坚持地活下去。”

《寻找一个有苦难的天堂·（坚持地活下去）》

情感的发展，多像是一场戏！他们只是这样发生、这么演出，这么看似不合理，却又合理地完成。而每个新人的相聚，都可能是旧人的别离；每个执着，都可能表现一种偏见。

只是那别离与偏见，都很美，也很悲壮。

《寻找一个有苦难的天堂·（当生米煮成熟饭）》

“上帝创造的最伟大的东西，不是万物、不是宇宙，而是爱！我十分不合逻辑，甚至执着地认为，上帝在创造一切之前，先创造了母爱，上帝本身就是爱，这世界也就由爱所凝结！”

《爱就注定了一生的漂泊·（愿每个漂泊者都不孤独）》

孩子累，是身体累。打个盹，喝瓶可乐，可能就不累了。

青年人累，是工作压力的累。当工作完成，压力解除，就不累了。

老年人的累，是对人生的累，拖着一个“臭皮囊”，走过几十年的岁月，该看的都看了，能玩的都玩了，不再好奇、不再激情，他们的那句“我累了”，是对生命失去了兴趣。

《一生能有多少爱·（当你累了的时候）》

如果没有少年时的饱学，青年时的峭拔，中年时的雄浑，就不可能有老年时的平淡入妙。

《创造自己·（人体的机器）》

人到这个世界上，不是为了“取”，而是为了“舍”；不是为了“被爱”，而是为了“去爱”。也可以说，我们经过童年的自私时期，要吃、要喝、要保护的目的，是为了长大，因为只有长大之后，才有“舍”的能力。我们被父母呵护、疼爱而获得成长的目的，则是我们能够付出爱，由爱我们的父母到爱我们的伴侣和子女。

《在生命中追寻的爱·（你不能不准我爱）》

爱不是顿悟，是渐悟。其实这世上完全没有“顿悟”，只有渐悟。

如同没有“突然饿了”，只有“渐渐饿了”。

每个看来像是顿悟的，都是因为渐渐累积，如同“压垮骆驼的最后一根稻草”，到某一刻，终于爆发。

正因为是渐悟，所以每个爱都有价值，每个错都指向对，每个迷失都走向找到！

渐渐地，我们悟了、悟了爱！

《不要累死你的爱·（爱是渐悟）》

跟三毛不算深交，却称得上知心的“文友”。

确实难得见面，碰上也少长聊，倒是借着一枝笔，互通消息。

消息中更重要的是情怀，情怀最动人的是同情，这同情非怜悯，倒有些同病的体贴与会心。往往是在彼此的作品中，发现自己的影子，或对方道出了自己不吐不快的东西，便欣然击掌，向那人叫一声好。

《离合悲欢总是缘·（她是否还做个夜人）》

美禁不起长久的凝视，因为美常在凝视中凋零。

生命禁不起长久的思想，因为死亡总横在思想的尽头。

英雄禁不起时间的考验，因为许多英雄都是老来失节。

童话禁不起往下猜想，因为王子与公主常是两个世界的人。

《一生能有多少爱·【爱死那个人】》

正因为每个人只有一张嘴，所以一个人，又叫“一口”。

被生下来的一小口，长成一大口，找到另一口，生下许多口。守一口井、纳一口粮、混一口饭、争一口气。最后，这口气上不来了，换一口棺材。

我们的一生，说穿了，不过为了个“口”！

《在灵魂居住的地方·【一口人生】》

第七章

浮云游子

CHAPTER 7

/ 新正瑞雪 /

/ 刘墉作 /

/ 120x170cm /

/ 2010 年 /

01 远方的呼唤

当我站在这个山头，觉得另一个山头更高更美的时候，我要做的第一件事，就是走下这个山头。

没有错，我是可能再也爬不上另一个山头。但作为一头狮子，如果我不去试、不去冒险，没有“不信自己办不到”的魄力，又如何称得上狮子？

守成的人，再成功，如果他不能突破，都只称得上骆驼，算不得狮子。

狮子走下山头，可能“虎落平阳”，被攻击、被伤害，它由孤危的　岩走入莽林，要穿过荆棘、行过沼泽、忍饥受渴，它可能重新成为一只卑微的骆驼，一步一步攀向另一个山峰。

它可能半路体力不支，摔得粉身碎骨。

但是它心里有一座山峰，它是狮子，所以要一次又一次地踏上征途；它要超越自己的极限，再一次证实，它是狮子。

《创造超越的人生·（远方的呼唤）》

02 下次总有下次的遗憾

树梢已经染了一些霜红。秋天来了，想必院子里又将是一片艳，而我，却又将离开家了。

行前，不单忙，也有着一团离情与遗憾。怎么想，都觉得又虚度了回家的一段宝贵光阴。

该读的书没读，该约的朋友没约，该去图书馆借的录影带没借，该教孩子的东西没教完，该跟老婆说的话没说尽。

这不就像濒临死亡的情怀吗？

当有一天，我们将要离开这个世界，不是会有一样的遗憾吗？

所幸的是，我的旅行总是来来去去，上次的遗憾下次还能补。

只是，下次总有下次的遗憾。

《爱何必百分百·（当你成为一只候鸟）》

/ 细雪深情 /
/ 刘墉作 /
/ 60x90cm /
/ 2012 年 /

03 故乡是爱人的怀抱

什么是故乡？

故乡是我们熟悉的地方，有我们熟悉的面孔、熟悉的食物、熟悉的街道、熟悉的气味、熟悉的生活方式。

故乡像是妈妈的怀抱，让我们有安全感。

只是，我们一生可能不止一个怀抱，我们可能由“妈妈故乡”投入“妻子故乡”、“丈夫故乡”、“子女故乡”。可能有人逼着我们，在我们的嘶喊中，把我们拖离一个怀抱，扔进另一个怀抱，使我们哭着、嚷着、挣扎着，直到累了、睡去，习惯那双新的臂膀，那个新的怀抱。

每次离乡都是伤害，每个离愁都能心碎，只是每个“异乡人”也都可以成为“原乡人”，仿佛告别上一段恋情，找到另一个“安心”的地方。

《一生能有多少爱·（故乡是爱人的怀抱）》

04 漂泊者的故乡

故乡就像母亲，有的人会守着母亲一辈子。有的人小时候虽然爱妈妈，到了叛逆期，却看母亲不顺眼，急着离开家。也有人在孤儿院长大，从来不知道母亲是谁、家在哪里。

我常想，到底是那“安土重迁”，守着故土一辈子的人对；抑或“志在四方”，早早就离乡背井、出去打天下，甚至一辈子不再归乡的人对。

“故乡”，英文说得好，是 hometown 也是 birthplace，家在哪里，哪里就可以是故乡；生在哪里，哪里就是故乡。

每个人都有故乡，每个人的故乡都不一定是父母的故乡。正因此，我们才不住在“周口店”；也正因此，世代的人类，才会东西南北地漂泊，创造了多样的文化。故乡，本来就不该执着在一个地方。

有人总盼着归乡，有人常盼着离乡。归乡是去寻找自己的故乡，离乡是为子女创造另一个故乡。

这世上有几人，知道他的祖先是从哪里漂泊来？

这世间有几人，知道他的子孙将往哪里漂泊去？

只知道：

在这漂泊与漂泊之间，我们有了家。
对于漂泊者而言，上一个家，就是故乡。

《寻找一个有苦难的天堂·（漂泊者的故乡）》

/ 戏雪 / 刘墉作 / 60x90cm / 2012年 /

05 荡漾在威尼斯的水波上

船身是黑的，窄窄长长，像一柄剑。两头翘起来，还作出个弯弯的钩子。

船上的椅子是活动的。可以对坐，也能排成三个双人座。前后不坐人的地方铺着红地毯，白衣黑裤的船夫站在船尾的一端。

“唰”一声，激起轻轻的水波，这叫作贡多拉（Gondola）的小船，就滑进了夜色。

夜色如梦，两边四五百年的建筑静静地矗立着，上面是窄窄的天空。有歌声、人声从不知哪一扇窗子传出来。

最美的是灯火，倒映在深巷的水里，船过，荡起一纹纹水波，那光就一直扭、一直抖，拉得长长的，又扯成一片片。

最诱人的是桥，桥上站着人、拥着情侣，远远盯着你看，你也盯着他看，把彼此看成一种风景。然后船驶过桥下，你们相望。倏地，钻进桥洞，失去彼此，桥洞对面又是一片波光。

还有那几条水巷交会的地方，河面特别宽，成了个“水的小广场”，一条条船驶进来，各自唱着歌，歌声在四周的房屋间回荡。似乎有意地，这条船不唱了，等着另一条；那条唱完了，这边正要开口，又从远远水巷里钻出一声高亢的歌喉。

《威尼斯十帖》《抓住属于你的那颗小星星》

/古城瑞雪/ 刘墉作 /116x92.5cm/ 2010 年 /

06 当困苦过去，苦难就成了财富

或许威尼斯人在建城之初，就决定选择观光为他们子孙的事业。于是如同美丽的女子，选在最美的年岁，饮下青春泉，从此不变。

五百年来，铁轮的战车走过、木轮的马车驶过、胶轮的汽车开过。威尼斯居然没让任何一种车子开进来。四处都是小河、到处都是弯弯的拱桥，还有那只容两人错身的小巷子；连脚踏车在这儿，都成为神话。

没有车的震动、污染、喧哗，只有轻轻的波浪，疾疾地打来；打进小河，消失了威力。只有用手划的小船，能驶进心脏地区的水渠，且以他们的船歌替代了喇叭。威尼斯当然静，这里的建筑当然容易保存，观光客当然喜欢涌入。

多么聪明的威尼斯人，用世世代代克己的功夫和严格的都市计划，忍耐着生活上的不便，使他们享受了永久的繁荣。

想想！只要有一栋现代化的高楼刺破天空，只要有一条高速公路穿过都市，只要有一艘大轮船驶进港边，这威尼斯就被毁容，她的繁华就将逝去。

所以威尼斯的美，在于她的坚持。

从台北来，也走过东方的威尼斯——苏州古城，我有着太多感慨：

“坚持！多么困难而伟大的品德！”

也想起一位经历“文革”苦难的音乐家的话：

“当困苦过去，那苦难就成了财富！”

《抓住属于你的那颗小星星·（威尼斯十帖）》

07 最崇高的人性不为一己之私

走过大半个地球，也看过许多著名的建筑。

印度的泰姬陵，被认为是世界最美的大理石殿堂，它花了印度人民 17 年的血汗（1631—1648）才完成，它是为纪念死去的王后建造的。

中国的紫禁城，是世界最大的木造建筑群，它用了中国人民 14 年的时间（1406—1420），它是为帝王生活享受建造的。

梵蒂冈的圣彼得教堂，是世界最大的教堂，它从 1506 年破土，足足用了 120 年才完成，它是为崇拜上帝建造的。

秦始皇陵，是世界最大的陵墓，驱使各地的刑徒 70 万，用了 36 年才完成，它是为嬴政大帝的尸体建造的。

我常想：这些建筑伟大吗？它们真是雄伟壮丽，令人叹为观止，但是并不伟大。因为它们不是为子子孙孙、人民幸福建造的。

我觉得这世上最崇高的人性，最伟大的工程，都应该不是为“一己之私”，而为“万世苍生”。

《攀上心中的巅峰·（饮一杯有血有泪的甜水）》

新正雪霁图
刘墉作
93.5x175.5cm
2015 年

08 故乡的土地是我最安详的枕头

我多么想念我故乡那床又土、又窄
又会掉毛，而令我敏感的被啊！
虽然冷天
我在梦里
总要跟妻抢来抢去，一没留意
就溜出了被外。
但是
故乡的天空
是我的另一床厚厚的被。
我也多么怀念老家那个又小又硬的枕头啊！
虽然它里面装的是豆皮和稻壳、甚至小石子
有时会把我从梦里刺醒。
但是
故乡的土地
就是我最安详的枕头。

《做个飞翔的美梦·（被与枕头之间）》

三言良语·乡愁

世界愈来愈小了，孩子们也愈跑愈远了，他们不一定有时间上山扫墓，但是他们四处漂泊时，都会越过海，看到海，他们都可能携家带眷地到海边戏水。

我死了，要海葬，但不是装瓶沉入海洋，而是把骨灰撒在大海里。于是有一天，我的孙子可能对他的孙子说，你摸到的海水里有你的曾曾祖父。

而每当我的孩子思念我，他们只要走到海边，摸着海水，就可以感觉我的牵引、我的拥抱。

《爱何必百分百·（我愿随波去）》

其实这世上有谁不是平凡人呢?

我们都曾作弊，都曾撒谎，都曾年少轻狂，都曾青春奔放，也都可能曾经冒过险、迷过路。

直到人生的太阳西斜，许多人才从“荒野小径”回到“归乡大道”。

然后，天暗了，人老了，不再流浪、不再放荡。我们也拉起了脸，骂那年少轻狂。

《爱何必百分百·（爱的最后一站）》

每个偷渡的人都知道可能赔上性命。但是每个人也都梦想有一天衣锦还乡，为亲人盖漂亮的洋楼，坐在酒席的上座，对那些后生小子说自己“七海漂泊的点点滴滴”。

他们一定会说自己吃了多少苦，但是他们会讲那最悲惨的事吗？

他们也可能因为一次还乡，而花掉几年的积蓄，但是有几人会说出实情呢？

《爱又何必矜持·（我们都爱流浪）》

我的心中常有个画面——

一对父母打开每一扇窗，让孩子看窗外的风景。拿出地图来，指给他外面的世界。又喂他们吃饱、穿暖，准备了丰富的行囊，然后拥抱、亲吻、祝福。打开门，对他们说：高高兴兴地去找寻你的世界吧！那外面有无限的美好在等着你，我们会为你祈祷，等待你归来。

《在第一件事中追寻的爱·（为孩子打开世界的门）》

飞机起飞了，我知道妻可能在地面哭，但我怎么能哭？我不能哭，右眼被打到的人，左眼还得张开，才不会左眼也挨一拳。

受苦的人没有悲观的权利，远征的人没有落泪的资格！横在我前面的是茫茫不可知的未来，我只能往前看，不能回头，回头就会变成“石像”，回头就再也跨不出前行的脚步。

哪一只迁徙的漂鸟，会回头？

《创造超越的人生·（远方的呼唤）》

一群黑影掠过我的窗前，伴随着一片嘎嘎嘎嘎的叫声，这些黑颊加拿大雁，已经起程，先飞到我附近的公园停留几周，再转往温暖的南方。

据说有人在它们身上做记号，隔年发觉它们还会回到同一个地方，就像燕子，既然在你的檐下筑巢，就年年回来，衔泥修补它半年未住的老家。

只是，在南方，它是不是也年年衔泥，到另一个屋檐下？

走在瑞士的山麓，看着“真善美”电影中，一望无际的草坡。像是一片绿色的大地毯，从山头，一折又一折地伸到山脚。当大家都心旷神怡，说瑞士人得天独厚，拥有这么美丽的风景时，我却看到了另一种真相。

在马路的边缘，和草坡接触的地方，竟然露出一块块白色的石灰岩。只在山势比较平缓的地方，有些土壤堆积。也就在那堆积处，能见到几片针叶林。

长年雨雪的冲刷，把瑞士山头的泥土都带向了下面的平原，造成德国和法国的肥沃田园。留下贫瘠的瑞士，虽有湖光山色，却只能种种牧草。

我也曾梦见飞过千山万壑，奔腾的涧水在寂寥的月色中，闪动着刀光；两壁嶙峋的怪石，因着月的移动，变幻诡异的身影；山上的松林伸展着手臂，深沉的云在腰间穿梭。一霎时，风雷大作，星月无光，群雄呐喊，人影疾转，鬼哭神号，阵势乍变。又突然，杀声顿止，烽燹消敛，月色皎洁，松涛阵阵，白云悠悠，涧水潺潺。

唉！人世沧桑，倏然而已，一切可喜、可悲、可恋、可恨，不过幻梦。人生如梦，梦里人生，就如同此刻我自梦中惊醒，群山仍在脚下，原来醒于梦中之梦，却不知自己犹在梦中。

《萤窗随笔·〈梦之旅〉》

每一个民族，都是人类。都经过千万年的岁月，绵延到今天。我们会想，他们也会想。我们有我们的价值观，他们有他们的价值观。

我们应该谅解每一个民族的文化和习俗，都有他们的道理。而当我们有了“文化谅解”，也就有了同情，以同一种情怀，同一个角度，去看这个世界。更可以说：

我们对世界的每一种文化，打开了心门。

《迎向开阔的人生·〈别把自己锁在门内〉》

佛家早有这样的说法。所谓“成、住、坏、空”，就是形容一个人的身体，由建成，住进去；住久了，房子开始坏。起初还能修修补补，勉强守着，最后实在朽坏得不堪住，只好搬出来，住到下一世的房子里。

世上的每个小动物，无论它是虫、是鸟、是猫、是狗，都是一栋栋小房子，里面各住着一个灵魂。那灵魂一方面操纵着小房子，跑东跑西；一方面接受上天“冥冥中的消息”，而懂得秋收冬藏、南迁北归。

《在灵魂居住的地方·（这地方还真不坏）》

只是深想，家不见得一定是天堂，异乡也不必然是地狱。

如果我觉得离家远行，是离开了自己的天堂，从别人的角度想，我何尝不是去了别人的家乡、别人的天堂。

漂泊久了，每个飞机落地的时刻，都觉得回到了家，那大地、田野、房舍、迷迷离离的灯火，在世界的哪个地方，都差不多。

总有人在候机门外伸着脖子、挥着手，总有握手、拥抱、车子来接。

《爱何必百分百·（当你成为一只候鸟）》

就人生而言，少年人是短期观光客，什么都没见过，什么都新鲜。十天看八个国家，匆匆来、匆匆去，他们有的是时间。

中年人是中期观光客，参加“精致旅游”，把书里谈到的、年轻时没玩够的，再细细追寻一次，他们有一点时间、有许多钱。

老年人是长期观光客，已经成了当地的居民，所有的新奇，都落实在生活中，喝杯茶、打个盹，让时光慢慢地走，在记忆与非记忆中，找寻一种完满。

虽然在威尼斯不过七天，我已经是半个老人，度假就是找闲适，闲适可以是一种心情。

在威尼斯，我找到了那睽违已久的“心情”。

第八章

山灵水韵

C H A P T E R 8

陶公诗意
刘墉作
43x69cm
1970年

01 保育野生物

保育野生物是这些年来最热门的话题，当我住在湾边（Bayside）的时候，附近的公园曾经挂出一个告示，说政府批下大笔经费，要作全面的整修。接下来一年多，就见挖土机进进出出，先把湖边的大石块搬走，又推了好多土到水里。等那公园改建完成，只见湖边多了一大片比人还高的芦苇，水边长了许多蒹葭，乍看还以为到了野外。相对地，给孩子和大人游憩的地方，不但未见扩大，反而变小了。

然后，大雁多了、野鸭多了，还不知从哪儿飞来几只天鹅。再隔些时，天鹅后面又跟了几只小天鹅。想必它们都在那一大丛芦苇里筑巢、孵蛋。

我家门前的这个公园，也接着一大片芦荡，一直伸，从海湾伸到内陆，接上爱丽湖（Alley Pond），再由爱丽湖往西延伸，一路经过曾经办过世界博览会的可乐娜公园到达曼哈顿的边缘。

除了可乐娜公园和其间几小块经过开发，是“有人烟”的样子，其他全是“野地”。靠水的野地是湿地（Marsh），也是沼泽，据说最能净化水土。有毒的废水，经过这儿，被植物吸收、细菌分解而净化了。各种鸟类在这儿聚集、繁殖，又利用下面“河口”的沙滩晒太阳、觅食。

当退潮的时候，我常带着女儿顺着沙滩走，走很远，看白鹭鸶、绿头鸭（Mallard Duck）、夜鹭（Night Heron）、海鸥和长脚的麻　（Bittern），在那里玩耍、找东西吃。

河口，是浮游生物聚集的地方，也就吸引了许多吃浮游生物的鱼虾。退潮，好多小鱼、小虾都露出来，还有淡菜和蚝。聪明的海鸥总把那些介壳类的东西叼起来，飞得高高的，再扔下。一边扔、一面往下俯冲、一面大声叫，意思是：“这是我扔下去的，掉在地上打碎，好吃里面的肉，你们千万不准抢。”

尤其是冬天，地上积了雪，软软的，摔不破硬壳。海鸥就往铲过雪的停车场扔，“啪啪啪”之声不绝于耳。又有一回，停车场没铲雪，我铲了雪，它们居然扔到我家来，还对我大声叫。

我的院子里，夜间也常有访客，好几次看见浣熊爬到窗外的大树上，对着我看。据说有些人家的门铃按钮发亮，它们还会去按铃。浣熊是够聪明的，连吃东西，都识货，自从尝了我家的垃圾，就不去邻居家了，专来我这儿——找中国食物。

野兔和雉鸡也常在窗外散步，有一只雉鸡是瘸子，从来没见过它飞，我实在搞不懂，它平常住在哪里？还有那灰灰的野兔，常在我慢跑时蹲在路上，想必数量不少，它们又是在哪里挖洞，怎么过冬呢？

野兔的天敌，我没见过，但是常听它“呜呜呜”的叫声，一般说猫头鹰只在夜里哭，不知为什么，我家的猫头鹰总在白天叫。我猜它一定吃了不少小野兔，再不然就是地鼠，因为在松树的下面，常看到它吃剩下的骨头，有时还血淋淋，带着肉，十分恐怖。

在城市里能见到野生的小动物，不但因为人们为它们保留“野地”，更因为这些野地能相互连接。于是一只小鹿可以从曼哈顿那头，一路跑几十英里，跑过可乐娜公园、进新鲜草原公园、再进爱丽湖、跑到海湾，跑进我家的后院。如果只有“点状”的公园，许多野生物都难以生存。

《杀手正传·（超级杀手的养成）》

黄山云涌
刘墉作
92x97cm
2010年

02 守一炉火，就是守一种心情

守着一炉火，真是守一种心情，那是一种若有似无的心情，好像心在火，又不在火，凝神于火，又出神于火的心情。

所以，守着一炉火，只有在那炉火不再令你担心点不着，也不操心它不安定之后，才能带给你恬适的心情。

你可以移来一把长椅，把椅背放斜，躺在上面看书，也可以拿个小凳子坐在火前，把日间疼痛的肩膀，凑近炉子，如同晒一个秋天的太阳。

想起在“迪士尼世界”EPCOT“能源馆”看过的一部电影，说地上的植物吸收了阳光、空气、水，成长茁壮，再被埋在地下，千万年后，成为煤炭。燃烧煤炭的时候，就是再把阳光释放出来。

多有意思啊，这树用了几十年吸收的阳光、空气、水，现在经过点燃，先蒸干了其中的水分，放出二氧化碳，又交出阳光。

于是你可以想，每棵树都是一颗阳光的蓄电池，都是“凝固的阳光”。

看这一块木柴的燃烧，也令你惊讶火果然如水，它是一点一点地燃烧、一寸一寸地浸润。

一段圆圆的树干，先是表面放出火焰，然后火焰向深一层泛滥，你仿佛见到一块透明的红玉，又好像看见一块燃烧的肉体，那树的木纹、质理，因为火苗的深入，而逐渐浮现。到后来，居然能看透整棵树干，从这侧到那侧，通体都成为鲜红。

炭火通红，或就是同样的情况吧。一块冷冷硬硬黑黑的炭，真正散出热能的时候，就变成了透明的通红。

在强劲山风的挟带下，云雾像白纱窗帘般一层又一层地拉过，天都顶峰层叠的奇岩和洞穴间，便上演一幕又一幕的史诗。

这是历史的诗，用亿万年岁月，雕琢山河大地所成的交响诗。若这诗中有一夜天崩石裂，那便是大地之钹；若有一天群石滚动，那就是大地之鼓。

直到天地皆老，滚动的、崩裂的、飞扬的、升起的，都安静睡去，巧巧妙妙地，互让互就地，摆出一种大家都能接受的姿势，成为天地间一完美的组合，便是这史诗的完成！

所有的错误、悲剧、巧合与不巧合，在历史的眼里全是当然！

不论人的史诗或山河的史诗，这都是不变的道理！

《爱就注定了一生的漂泊·（天都）》

03 云与我结了缘

你追过云吗？我追过！

你洗过云吗？我洗过！

少年时，我爱极了登山，而且是登那人迹罕至的高山，在不得不归时才离开山。

云就在那时与我结了缘。

晴朗的天气，山里的浓云，必要到下午四五点钟才会出现，午间直射谷底的阳光，将山林的水气逐渐蒸发，缓缓上升。这时由于日光已斜，山背光和向光面的寒暖差异，造成气压变化，而引起山风，将那谷中的淡烟拢成迷雾、攒为浓云，且在群山的挤压下迅速腾升。

云就在那时与我追逐。

我知道被浓云笼罩的山路是危险且难以呼吸的，所以总盼望在云朵与云朵之间的空白处行走。远看一团浓云，即将涌上前面的山道，我们就奔跑着，趁云未上的时刻通过。

尤其记得有一回穿过山洞，身后正有浓云滚滚而来，我们一行人拼命地在洞里跑，那云居然也钻入了洞中，在我们的身后追逐，回头只觉得原本清晰的景象逐渐模糊，所幸眼前山洞另一侧的景物依然清明。正高兴赢得这一场，肆情喧笑着跑出洞口，却又顿时陷入了十里雾中，原来那在洞外的云跑得更快，竟偷偷掩至我们的身边。

《爱就注定了一生的漂泊·（云泥）》

/黄山月夜/
/刘墉作/
/90x60cm/
/1990 年/

04 植物的世界里没有悲剧

我常向植物学习，觉得他们是最能接受命运，也最不向命运屈服的。

他们不会动，种子落在哪儿，就注定一辈子，在那里生根、成长、死亡。如果是人，遇到这样不平的遭遇，一定会反抗。但植物无语，他们以另一种方式发言。

在热带莽林中，上面是遮天的浓荫，白天黑得像夜晚一样，许多小树只能长到一尺多，就再也无法发育。他们卑微地活着，直到有一天，上面的大树因为雷雨折断，他们就立刻窜上去，成为大树。

在沙漠里，白天热得可以烤蛋，许多种子伏在炙人的砂土下，干得像是砂的一部分，但是只要有一阵雨，他们就快速萌发、成长、开花。

植物的世界里，似乎没有所谓悲剧，一切悲剧都指向喜剧；也无所谓残破，一切残破都可以成为美好！

《生死爱恨一念间·（残破的美好）》

05 在祖先的遗骸上生活

两年前，到周口店的龙骨山。不算高的乱石山头，被考古学家挖了一个又一个的大洞，先发现了距今大约六十万年的“北京猿人”，隔不久，又在山顶发掘了距今一万八千年的“山顶洞人”。

站在遗址前，想想前后相距近六十万年的两种人，山洞的位置，居然距离不超过五十公尺。

这是多么可怕啊！

数十万年，泥土不断地堆积，人不断地死亡，不断地掩埋，不断地重叠，不断地遗忘。一代又一代，竟不知自己正在千万年间，祖先的遗骸上生活。

面对记忆中的龙骨山，我发觉那就像是一座泥炭藓的山丘，只是重叠的不是泥炭的苔藓，而是一代代的人类——

以他们的身体做地基，建筑起子子孙孙的城堡。

《离合悲欢总是缘·（泥炭藓的联想）》

06 冷峭的日子，常是明朗的

冷峭的日子，常是明朗的，因为不明朗，就难免潮湿，而只有干的日子，才能冷的峭。冷峭的阳光特别透明，仿佛阮籍的“青眼”，看得剔透而冷漠。冷峭阳光下的肌肤，特别柔美而凄艳，如同咯血凭栏的黛玉，苍白间泛起的那抹桃花。

最记得有一年冬天在奈良，东大寺前的鹿群躺在冷峭的阳光下眯眼，柴扉间一个老人以竹帚扫着朽叶。坚实的地面，被刚硬的竹帚划过，发出一种说不出的冷峭音响。接着燃烧的朽叶，扬起一缕轻烟，悠悠地从林间曳过；几只白鸽飞越，啪啪扑翅的声音在庙墙间回荡。有人写文章用“热心冷笔”，而此境不正是热眼冷境，令人冷冷地脱身出来，当下了悟？

遂想起柳子厚《晨诣超师院读禅经》的诗句：

“汲井漱寒齿，清心拂尘服。”

在冷峭的日子汲井，必有着冷脆如磬的水声，而那一饮清冽，则将会多么地点滴在心！

所以，冷峭也是适于品尝的！

《做个飞翔的美梦·（冷峭）》

/ 时光的轨迹（千里共婵娟）/ 刘墉作 / 178x96cm / 2014 年 /

07 我是来自南国的一条小小的船

向你流去呵，向你流去！
以这一弯清浅蓝蓝的夜空向你流去！
今夜我是鸥、我是雁
我是来自南国的一条
小小的船！
载着椰子涛、榴莲香
还有一弦
海水的蓝！
向你流去呵！
向你流去！
上到我小小的船
载你去一个梦幻的城……

收拾东西，找到一首学生时代写的情诗，其中的“你”，该是个可爱的少女。而我则是那小小的船。

多么罗曼蒂克，少男的情诗啊！

可是如今望着怀中的娃娃，又多么地迷惑，觉得二十多年前的那首诗，竟是为这初生的女儿写的！

于是我的双臂，变为那只小小的船，而女儿则成了小船的乘客。

每一次哄娃娃入睡，我都唱自己少年时写的这首情诗，觉得很贴切、很温馨……。

《爱就注定了一生的漂泊·（小小的船）》

08 尊敬大地、尊敬自然

从小，我就爱种菜，也自自然然地学会了尊敬土地、尊敬自然，我觉得没有土地，就长不出植物；没有植物，鸟兽就难以生存；没有鸟兽，食肉类的动物更无法存在。所以这世上的每一种生物，都是由土地所孕育的。

一直到今天，我仍然相信，如果能常常光着脚，站在土地上，让我们的脚心，像植物般吸取泥土的精华，感受那大地的脉动，会有益于健康。因为在人类史上，穿鞋只是晚近的事，我们大部分的祖先，都是日夜与土地赤裸裸接触的。

所以你常看见我赤脚在园中穿梭。我仔细地观察每一棵植物的消长，由它们之中仿佛听到了自然的律动与大地的呼吸。更由它们之中，虔敬地获得了教育。

《超越自己·（尊敬大地）》

09 雪的千种风情

在北方，人怕雪，却又盼雪。

怕，大概怕雪太厚，压垮了房子；怕天突然变暖，融了雪，变成洪流。

盼，除了“瑞雪兆丰年”，也许就盼那种关上门，只剩一片白，自己躲在那张白纸背后的感觉吧！

穿窗望去，只见雪，有些惊心。转过身来，不见雪，全是温馨。外面的雪愈厚、天愈冷，这对比愈强烈。好比看别人的孤寂，愈对比自己的团聚；见别人的清苦，愈对比自己的富裕。

“隔窗观雪”与“隔岸观火”，原是一样的道理。

当然，雪也是极耐看的，它把平常一切令你分心的景物全盖住了。没了“界”，就没了“法”；没了“形象”，便失了“言诠”。那一大片白，如同一大块空白的画布，让你尽量去想象、去发挥。

《抓住属于你的那颗小星星·（雪的千种风情）》

10 那条时光流转的小巷

至于昙花，就更美了。

我家前院种了一大棵，每次夏夜盛开，父亲都会在院子里挂上灯，四处呼朋唤友，来赏吉兆“国泰民安”的昙花。

我爱那花，也爱那灯。觉得在一串灯中，人影晃来晃去，真美！那种影子忽大忽小，灯火忽明忽暗，人声忽来忽往，夹杂起来的感觉，好像梦。后来读辛稼轩的词：“众里寻他千百度，蓦然回首，那人却在灯火阑珊处。”我心里映起的，就是这迷迷离离的画面。

我常想，“时光流转”或许就是这样。在朗日晴空下，是见不到时光流转的。只有我童年黑黑的小巷，每一盏灯，都能映出一条条影子，忽长忽短、忽胖忽瘦。也只有在那小巷穿梭的记忆中，找到的哭声、笑声、倒水声、麻将声、吐痰声，和打小孩声，是那么幻中有真，真中似幻，值得我一生咀嚼、一生回味。

多美啊！迷离的灯火、往日的情怀！

多美啊！那个时光流转的小巷！

《做个飞翔的美梦·（那条时光流转的小巷）》

11 旅者永恒的归宿

曾见卡通电影中，成群提着小包袱的大雁在月夜里飞翔，原以为只是艺术家的想象，直到此刻看到那横过月晕的吟游旅者，才知道它们本爱在夜里漂泊。

在银色的月光中，看着下面朦朦莽莽的大地、熟睡的人们、明灭的灯火和如带的川流，乘着北风，轻摆着双翼，滑向茫茫的远方，这漂泊是何等孤危而洒脱！

或许鸿雁就是为漂泊而生吧！

每日的飞翔是短短的漂泊；春秋的迁徙，是长长的流浪。长空似大海，有风如浪，有云如珊瑚礁，有蓝天如湛湛之水。

从地面诞生的，却选择天空做它的世界，选择漂泊为它的事业。

只是，我常想，什么地方会是这旅者永恒的归宿？

会不会有那衰老了的，从整齐的雁阵中，颓然坠落？而在那片高与人齐的芦荡之间，是否有折翼的离雁，或再也无法漂泊的，仰望着同伴飞去，而怅然神伤？

于是那雁行者的歌声，就益发引我遐思了。是喜？是忧？是对前程的憧憬、往日的感怀、伤者的同情？还是逝者的哀叹？

明年仲春，雁阵归来，可还是今夕南迁的北雁？

《做个飞翔的美梦·（飘鸟之歌）》

明潭春晓
刘墉作
94x173cm
2011 年

12 都是爱莲人

同样采莲归来，有人云裳香鬓，有人满脚泥泞，有人从容，有人狼狈。

只有一件事相同，就是他们都爱莲、都采莲，也都采莲归。

如果你是荡舟采莲者，就好比心向幽深的王公贵胄；如果你是涉水采莲的，就仿佛贫贱不能移的村妇农夫。

坐船的不能鄙视涉水的，否则你再从容、再优雅，也得不到莲的精神。

涉水的没必要羡慕坐船的。因为“通过魔界，到达神界”的更得莲心。

赏莲的不必怨采莲的，因为有的人在舟楫、有的人在江湖；有的人在朝、有的人在野，虽然位置不同、作法不同，却都是爱莲人。

《捕梦网·（爱莲人）》

13 香榭丽舍的美

香榭丽舍，你的美，就因为你能在夏日落下满地的小白花，布置成冬天的初雪；就因为你能在十线大道之旁，拉上一层绿色的帏幔，布置起郊野的风光；就因为你能在现代的高楼旁，移来古典的维纳斯，布置起希腊的庭园；就因为你能在繁华之间，摆上安静；在忙碌之间，捧上悠闲，所以你能成为香榭丽舍，一位风姿绰约的姑娘。

香榭丽舍，你的左手挽着繁花似锦的庭园与露天的茶座，你的右手是流水潺潺的塞纳河与亚历山大三世桥；你的裙角缀着杜维丽公园的花边，你的香肩披着凯旋门的锦缎；你是那么端丽地坐在巴黎，静听溪水，仰首穹苍。

香榭丽舍，在巴黎的四天当中，我去邀约了你两次，每次都是牵起你的右手，转过你的双肩，然后依依不舍地折塞纳河的杨柳向你道别。每次我都在你身旁盘桓竟日，看一轮金乌自康考特那头升起，缓缓移向另一侧，嵌入凯旋门。然后你便垂下深蓝的秀发，换上霓虹的晚装，燃起凯旋门下无名英雄墓的圣火，并献上一束美丽的鲜花。

《萤窗随笔·（香榭丽舍）》

14. 月光

他很喜欢被月亮拥抱的感觉，觉得月光是一丝一丝的，好像亿万条丝线，由上面直直地射下来，那丝线穿过他飘起的发梢，穿过他的眉毛、睫毛，每一个穿射，都能激起小小的彩虹和喜悦。当他飞过江流、飞过湖海，那月光的折射就更美了。如果下面的水是平静的，他可以看见一轮明月映在水中，看见自己的影子，正在月晕间；至于飞过大海，那月就不见了，替代的是一颗颗星子，在水面跳跃；那闪动看来散乱，又仿佛有规则，有时候千万点星子一起闪，有时候又零零落落。而且随着海流的方向，或云影海床的变化，那海中之月可以成群成簇地发展，瞬间在此、瞬间在彼，又突然在万顷鲸波间一起闪动。他最喜欢看那带状的星光，一道道远看是白的，近看才知是星群，不断往远方延伸，伸向黑黑的海的尽头。

《母亲的伤痕·（飞人）》

三言良语·旅行

我常讶异盲人听力的敏锐，直到此刻，置身黑暗，才了解视觉本是听觉的敌人。躺在起居室的藤椅上，我听见那徐徐的山风，自果园中穿过，使那些盛开的花朵，在夜的温床上受孕。也感觉庭前的古松，摇下丝丝的针叶，落在瓦上，飘向阶前。我还知道那丛竹子的消息，新发的嫩叶，正以娇柔的嗓子与沙哑枯黄的老叶争辩。我更听见自己肺叶的翕张与心灵的跳动。渐渐，我发觉身体仿佛不断地扩展，大到足以容纳这儿的千山万水与竹韵松涛，于是松子生与松叶落；竹叶青与竹叶黄；桃花开与桃子红，这四季的更替消长，都像是发生在我的身上。而那本在松庐中独坐的我呢，竟成了一片萧萧的霜叶，落在心湖，荡入思潮，沉入脑海，成为我里的我、梦中的梦。

《萤窗随笔·（松庐）》

杜甫有两句诗：“檐雨乱淋幔，山云低度墙。”只有搬到这个画室，我才深切感觉诗中的境界，山风不久，便挪来了潇潇的雨，冷冷清清地，敲打着石阶、池塘和那肥大的阔叶木，加上淅淅沥沥的檐雨，织成一首优美的交响诗。雨中的云变得更浓重了，低低地在树梢间泛滥，这种景色不能形容以朦胧，因为凡是没有云的地方，就很清晰，甚至可以说在雨中比平常还来得明艳；但是反过来，只要一被山云搭上，便像是被掩没，被凝固，再也见不到了。

这浓浓的山云随着暮雨的渐急，而一寸寸地拥来，一分分地变厚，因为有墙的阻隔，墙外的景色都逐渐地融入云海，但是墙内还依然保持着明朗与寂寥。突然间，半缕山云自围墙一角悄悄地溜入，立时遮断木樨，浸透扶桑，引渡黄蝉，掩没了那小小可怜的槭树。我想推开窗用手挥一下，却不料，刹那间引来的是满襟山风，一帘冷雨，半室氤氲。

《萤窗随笔·（氤梦楼）》

如果拥有一个小小的房子，我只要一个门、一扇窗，门对着城市、窗对着海洋。有人敲门，我必定开，是朋友，我便请他推窗看海，享受那汹汹的浪涛、清清的海风和无争的鸥歌；如果是敌人，我便把屋子让给他，请他自己去听那大海的倾诉，涤净他的心灵；又如果许久没有人来访，我便把门和窗都打开，让每个繁忙的路人，透过我的门，看见我的窗，而窗外是无际的碧海和开阔的胸怀。

《萤窗小语·（门与窗）》

愁泛双溪水
泪看两山云
看愁云两山
泛泪水双溪
两山愁云看
双溪泪水泛
泪水泛愁云
双溪看两山
泪看双溪水
愁泛两山云
愁溪双泪看
两水泛云山
双泪看溪水
愁云泛两山
愁泛两泪看
云山双溪水
两看双溪水
愁泪泛云山

《[illegible]随笔·〔双溪〕》

云水本一家
家在云水间
牵裳涉水去
化作云中仙。

朝在西山坐
夕在东山眠
我身在何处
虚无缥缈间。

南山为晓雾
北山为暮云
唤我我不见
挥我在身边。

春雨也绵绵
秋雨也涓涓
流入江海去
此生永不还。

《[illegible]随笔·〔云水之歌〕》

想起郑板桥“道情小唱”里的“黑漆漆蒲团打坐，夜烧茶炉火通红”。也想起白居易的“绿蚁新醅酒，红泥小火炉”。那红红的火，想必都像我面对的，这一炉看尽人世沧桑，不再激情，了无罣碍，却又蕴蕴藉藉，光明澄澈的柴火。

《捕梦网·〔守一炉生命的火〕》

五月的龙舟竞渡，记忆中总有着朗朗的天气，风是干干的；旗子是飘飘的；鼓声是咚咚的；骑在大人肩上的孩子是笑笑的。而那时立在水汀，乘着微风，你的清香则是幽幽的。说你是三瓣，有一瓣是复合的像四瓣，说你是四瓣，却又外加三个小细瓣。花如眉，叶如带，修长的茎是你的纤腰，凌波微步，在这五月的水湄，你是这河的神，乘风而来。

风中，是你沁沁的香，香在五月，香过身上的香包，香过姊姊云鬟欲渡的芳腮。

《萤窗随笔·（花的联想）》

香香的草，就是香香的草，你一边拔，它一边香，连让你拔，都给你香！

突然想到行吟江畔的屈原，当他步入瘴疠的杂草丛中，会不会惊心地嗅到一沁幽香，由一支看似平凡的小草散发出来？即使正踏在他的脚下，即使正被折断！

在读《离骚》三十年之后，我终于了解——

香草为什么是乱世中的君子。

《把握我们有限的今生·（香草）》

“中岁颇好道，晚家南山陲”，王维虽然被称为“诗佛”，实际他的境界，更接近于道家的无为。“行到水穷处，坐看云起时”“请留盘石上，垂钓将已矣”“君问穷通理，渔歌入浦深”，每一幅画面都是那么淡，淡得孤独、淡得静默，甚至淡得连一句话也不想说，难免令人猜想：他的“万事不关心”，是不是已经表现了无情。

万事不关心，应该是产生在万事都关心之后，如同“坐看云起时”，总要在“行到水穷处”之后。前面的困顿、繁华与激情都看过了，哭了、笑了，笑中带了泪，悲极有了笑，突然，一切看开，感觉全麻木了。

《做个飞翔的美梦·（万事不关心）》

拈一柱香，看那一点星火，引出一缕轻烟，冉冉上升，就是多么清心的事。何况还有那悦人，却又端穆的香味，幽幽地，绵长地传来，便更见涤心的力量了。

或许香的宁神，正如同幽幽钟鼓之于耳，一沁佳茗之于口，一轮初日之于目，由于它是如此地丰富却又邈远，占据了我的嗅觉，吸引了原先容易旁骛的注意力，所以能够带来宁静。

《做个飞翔的美梦·（香闲）》

如果说春天是悄悄而至，夏日应该是跳着，甚至一扑而上了。首先是那原本在夜里穿林能见的道格拉斯镇的灯火，逐渐地消失，接着春风喁喁的私语，变成了夏风嘈嘈的对话。叶子拍着叶子，枝桠也相互摩擦着，一阵风来，便像是涌来一排浪涛。早晨不再有洒入窗的阳光，而是三面掩来浓浓的绿荫；近枝远树，前前后后地仿佛镂空织花，又带着绿衬的旗袍料子；树底是幽深的，只有针叶的松杉下，能洒出些许碎金，地面则布满了各种不知名的杂花野卉。山蔷薇开始绽放，带刺的枝条总是牵人的衣角，加上四处攀援的藤蔓，使得林间的漫步变成了走迷宫。所以夏日我总是坐在院子里的欣赏风景，听林间各种的鸟啭；夜间则隔着窗纱外望，看那成群的萤火虫提着灯笼，忙碌地在林间巡逻，并欣赏那千万虫鸣，织成的交响乐章。

《菱花·（纽约老农）》

以浓浓的乡愁来浇灌我吧！王维！

九月九日，我是你山东兄弟们鬓边的怀念，用我十字架的花冠来祝福，以我长长的脉络来缠绕，用我残破的边缘来伤情。

九月九日，风是从骰山吹来的，带着菊花酒的清香，和彩囊的芬芳，向你召唤：

王孙已不归来、阳关已三叠、辋川正酿了一溪醇酒，待你溯流而饮、盘石垂钓，且在那南山之陲，坐看云起，想那明春，绮窗前的寒梅。

《真正的宁静·（山茱萸）》

九寨沟的飞瀑，使我不得不叹为观止。因为它是将幽深与高大，织在一起的美。

看！那树正瀑布间的树，一簇簇、一团团，从翠海里伸出来。然后，那飞腾的、漱白的、弯转的、跳跃的，千百道清流，从四面八方，由林间穿射而出。

日光斜斜穿过深秋的森林，树梢的红黄绿褐，与水的各种蓝、白叠在一起。突然有一种感动，这树正瀑布如果与尼加拉相比，后者是壮阔的钟鼓，前者则是优美的钢琴与小提琴。

看！那黑白琴键，高高低低地跳动着，跳出了高高低低的音响。再越过棱线，往下坠，坠入山谷，又左转右转，在谷里的树林间穿梭，成为弦乐的绵延。

风中之雪如花、如絮，从无处来，往无处去。

它不积、不黏、不滑，甚至不凉。

它是喜欢恋爱，却不多问多说的女子，一刻温存，就消失不见。所以我说，如果雪也能热情，那必是“风之雪”。

我爱看那桨拍着水面，激起浪花的样子，我也爱看那水流扯着木桨、木桨拨着水流的画面，那一波三折、顺中有逆、直中有曲、柔中带刚，不正是一幅黄庭坚的“松风阁”？

我爱从柳梢、树荫间划过，低着头、歪着脸，躲着叶子、睇着树枒和天空，是多么地潇洒；或是折一枝柳条、拾一片荇藻、采一束姜花，是何等地风流。

我多么希望能有一间临溪的小屋，来去都乘船，在十里烟波当中，垂钓、放歌、折枝、迷失，或误入藕花深处、惊起一滩鸥鹭；或误入武陵桃源，笑说人间俗事，而告辞后，也不记来路、不诣太守，只当不曾去过，依旧荡我的桨、摇我的橹、撑我的篙、煮我的茶。

《真正的宁静·（我家在柳溪）》

等公路局的客车时，同行的女孩子对我说：看你脚上都是云泥，让我帮你冲一下吧！

云泥？可不是吗！那是云凝成的泥，泥里夹着的云！

灰暗的晚天下，我确实看见她用水冲下的，不是黄土，而是深深宝蓝色的——云泥！

《爱就注定了一生的漂泊·（云泥）》

睡了
听说有浪涛
那是在深海的少年岁月
总爱鱼的亲吻、藻的爱抚、虾的撩拨。

但是当躯壳渐老
便学会顺着洋流漂荡
浮浮沉沉地不知到了何方。

直到有一天醒来
不再有蓝色的梦幻、不再有摇摆的心情
只偶尔
遭遇些过访的潮汐
听说些大海的呼唤。

但我已倦了
倦得如此泰然
如此心安
如此完满……
我是睡在沙滩上的一贝壳
不再相信海的誓言。

图书在版编目（C I P）数据

没有成功是偶然 / (美) 刘墉著. — 北京：东方出版社, 2015.10
ISBN 978-7-5060-8714-8
Ⅰ. ①没… Ⅱ. ①刘… Ⅲ. ①散文集－美国－现代
Ⅳ. ①I712.65
中国版本图书馆CIP数据核字(2015)第260187号

没有成功是偶然

（MEIYOU CHENGGONG SHI OURAN）

作　　者：[美] 刘 墉
产品经理：刘晓立
责任编辑：王莉莉　刘晓立
出　　版：东方出版社
发　　行：人民东方出版传媒有限公司
地　　址：北京市东城区朝阳门内大街166号
邮政编码：100706
印　　刷：保定市正大印刷有限公司
版　　次：2016年1月第1版
印　　次：2019年5月第5次印刷
开　　本：880毫米×1230毫米　1/32
印　　张：8.5
字　　数：124千字
书　　号：ISBN 978-7-5060-8714-8
定　　价：44.00元